Los niños no son de Marte

(aunque algunos lo parezcan)

Pediatría para padres en tono de humor

Bruno Nievas

Amat
editorial

© Bruno Nievas, 2016

© Profit Editorial I., S.L., 2016

Profit Editorial, 2016 (www.profiteditorial.com)

1.ª edición, enero 2016

2.ª edición, febrero 2016

Diseño interior y maquetación: www.freiredisseny.com

Fotografías: Laurence Mouton (páginas 20, 120, 122, 128, 146, 154, 168, 178 y 184) y 123rf para todas las demás.

ISBN: 978-84-9735-824-8

Depósito legal: B-395-2016

Imprime: Ulzama

Impreso en España / *Printed in Spain*

Índice

EL NIÑO EN EDAD PREESCOLAR Y ESCOLAR

Introducción

Sí, lo sé: ser padres es complicado. Pero ahora estáis metidos de lleno en ello y no hay marcha atrás. Y necesitáis ayuda. Sé que los abuelos del bebé, vuestros amigos, vuestros hermanos, vuestros vecinos..., todo el mundo, hasta el portero de vuestro edificio, os va a dar algún estupendo consejo. Porque todo el mundo sabe de niños. Excepto vosotros, claro.

Y por eso recurrís al pediatra. Pues bien, aquí me tenéis. Vale, en realidad no soy vuestro pediatra. Y este libro tampoco es una consulta de pediatría. Pero sí una guía (desde un punto de vista pediátrico y con una base científica) para haceros llegar todos esos consejos que sé que funcionan. Esas nociones que no me canso de repetir en las revisiones de niño sano porque sé que han servido de verdad a los padres que las han aplicado: son el fruto de una experiencia de más de quince años.

Una advertencia: no hago milagros en la consulta, pero sí he ayudado a muchos padres a lograr que sus bebés coman, duerman o aprendan a hablar. He enseñado a cuidar la piel del bebé, a manejar los gases, a que los niños aprendan a controlar el pis... todo, al mismo tiempo que les ayudaba a sortear diversos problemas como la timidez, las mentiras o incluso previniendo la obesidad o la violencia infantil.

Pero esta guía contiene algo más: todo aquello que, en no pocas ocasiones, no digo en consulta ya que me muerdo la lengua. Porque en muchas más ocasiones de lo que pensáis, los pediatras

—que en muchos casos no somos tontos— nos callamos nuestra verdadera opinión. Porque los pediatras nos damos cuenta de cuándo nos mentís, de cuándo nos contáis las cosas a medias y de cuándo nos hacéis caso y cuándo no.

Pues de eso va este libro. De vuestros hijos y de las muchas cosas que hacéis mal. Pero también de otras muchas que podéis hacer muy bien. ¿Comenzamos?

BRUNO NIEVAS

brunonievas.com

Cómo se estructura este libro

Hay una idea fundamental: los niños crecen. Otra: al crecer, cambian. Hasta aquí, todo es fácil, ¿verdad? Pues no tanto, porque ese crecimiento y esos cambios hacen que los mismos conceptos puedan ser muy diferentes y aplicarse de forma distinta en niños de edades diversas. Por eso, este libro se ha dividido en las tres grandes etapas que definen la infancia: la de lactante (que comprende desde el nacimiento hasta los dos años), la infantil (que incluye la etapa preescolar y escolar; es decir, de los dos a los doce años) y la adolescencia (etapa final de la infancia, que comprende desde los doce hasta los catorce años). Pues bien, en cada una de esas etapas trataremos cuatro grandes bloques:

 En «**Vuestro hijo**» aprenderéis cómo es vuestro pequeño, qué hace en cada una de las etapas de su infancia, cómo se desarrolla, cómo se comunica y cómo come.

 En «**Consejos**» encontraréis una serie de medidas que os ayudarán a manejar al niño en función de su edad: su entorno y su seguridad, higiene y cuidados habituales, prevención de enfermedades comunes en esa etapa y unas nociones, constatadas a nivel científico, relacionadas con algo tan esencial como su educación. Entre ellas, cómo lograr que duerman en las diferentes etapas de su vida infantil. Y ya os anticipo que se puede lograr. Y que lo lograréis.

En «**Dudas habituales**» detallaré una serie exhaustiva de cuadros que suelen suponer motivos de consulta frecuentes en esa etapa. Por ejemplo, cuando hablemos de la piel veréis que las erupciones que tratemos serán completamente diferentes en los recién nacidos y lactantes que en los adolescentes. Y por eso trataremos acerca de asuntos tan diversos como los mocos, la tos, la fiebre o el estreñimiento, en función de cada edad, o asuntos específicos como los gases de los bebés o los problemas ginecológicos de las chicas adolescentes.

Por último, en el apartado «**En la consulta del pediatra**» os explicaré todo lo concerniente a esos grandes desconocidos que somos los profesionales sanitarios que, aunque tratamos de buscar siempre lo mejor para vuestros hijos, no siempre se nos comprende del todo. Os relataré cómo se estructuran las consultas de pediatría, de enfermería y de vacunas, qué se hace en cada una de ellas y cómo podéis no solo preparar mejor a vuestro pequeño para que asista (siempre en función de su edad), sino también cómo podéis aprovecharlas al máximo. Y también os enseñaré cómo lograr que los niños no lloren (o apenas lo hagan lo mínimo) cuando acudan. Sí, también es posible. Solo tenéis que seguir leyendo.

1

EL LACTANTE
DE 0 A 24 MESES

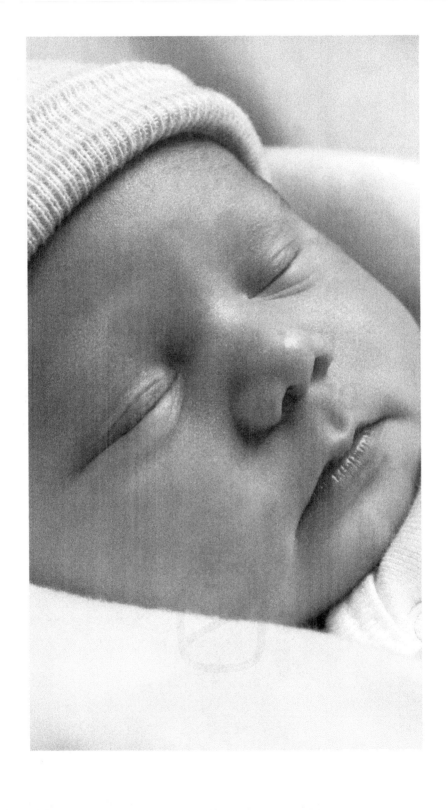

Vuestro hijo, un bebé

1. Cómo es

Aspecto del recién nacido

La matrona os coloca el recién nacido en los brazos. ¡Bien! Pasan unos segundos. Pasan unos más. Y surge la primera duda, sobre todo en los papás: «¿Y de dónde se sujeta esto?». Ni os imagináis la de papás que he visto en consulta dudar, temblar, girarse y mirar a la madre buscando su aprobación a la hora de sujetar a su retoño en brazos.

—Tranquilo —suelo decir—, solo es un niño.

El niño os parece pequeño y tiene aspecto de frágil porque es pequeño y frágil, así que de momento habéis evaluado bien la situación. Aunque dependerá de la semana de gestación en que haya nacido, pesará alrededor de tres kilos y medio, medirá unos cincuenta centímetros y su perímetro craneal será de unos treinta y cinco centímetros. Así pues, habréis de manejarlo como si fuera vuestra preciada colección de figuras de *Star Wars*: con delicadeza, sí, pero también con firmeza, porque no hay nada más peligroso que un padre con las manos de mantequilla. Creedme, ningún padre va a hacerle daño a su bebé por cogerlo con firmeza, porque ningún padre se atrevería a apretar demasiado. Pero si se os resbala, entonces sí que la vamos a liar bien gorda.

Os explico. Los recién nacidos tienen una cabeza enorme en proporción con el cuerpo, nada menos que un 25% de su longitud total. Vamos, que les pesa mucho y, además, aún no la sujetan. Por eso es importante sujetarlos del cuello con una mano y de la espalda con la otra. Por cierto, las piernas parecen cortas porque solo suponen un 15% de su talla. Tranquilos: ya crecerán. Ahora os interesa saber que las mueven que no veas, sobre todo al berrear, por lo que no son un buen sitio para agarrarle, como muchos padres creen. Así que poned una mano bajo su cuello y otra bajo su espalda. ¡Ya lo tenéis!

Lo primero que os debe llamar la atención es su color sonrosado. Y si os fijáis en su cabeza, puede que esté «apepinada» por efecto del parto. No os preocupéis: es normal. Pediatras, matronas y casi todo el que pase por allí valorarán cosas como esa antes de daros el alta. También notaréis que tiene un pequeño hundimiento cerca de la frente, que se llama *fontanela* (el más sencillo de los muchos nombres raros que vais a aprender con este libro). Sé que os da grima tocarla, así que no lo hagáis. Se cerrará con el paso del tiempo, y no, ni se va a hundir ni el cerebro va a asomar por ahí. Pensad en otras cosas.

Por último, el recién nacido respira más rápido que nosotros. Y tiene mocos. Y estornuda. Y aunque es pequeño, es una persona, así que no lo tratéis como un muñeco, pero tampoco como un jarrón de cristal veneciano. Porque no lo es. Es vuestro hijo y, por la cuenta que os trae, más vale que aprendáis a conocerlo. Cómo alimentarle, vestirle, lavarle o cuidarle. Los gases, las bocanadas, cómo crece, las enfermedades más comunes, cómo llevarlo al pediatra... Tenéis mucho trabajo por delante. Menos mal que hay libros para ayudaros. Pero ninguno tan bueno —ni tan sincero— como este. Y una vez que ya sabéis cómo es —y cómo cogerlo—, lo ideal es que sepáis cómo crece. En todos los sentidos.

2. Cómo se desarrolla un lactante

Cómo crece vuestro bebé

Los bebés crecen. Todos. Y por eso es normal que os preocupéis si veis que vuestro hijo pierde peso los primeros días. En la mayoría de los casos —por no decir casi todos—, podréis estar tranquilos: muchos recién nacidos pierden un 10% de su peso al nacer durante los primeros días. Este peso suele recuperarse, como muy tarde, a las dos semanas de vida. Después, y durante los dos primeros meses, vuestro pequeño ganará unos treinta gramos de peso al día (y esto es mucho) y crecerá unos tres centímetros al mes (que también es mucho).

Entre los tres y los cuatro meses ganará unos veinte gramos al día, de forma que hacia los cuatro meses habrá doblado su peso al nacer. Sí, habéis leído bien. ¿Imagináis que duplicáramos nuestro peso en cuatro meses? Mal, ¿verdad? Pues eso se debe a que en los seis primeros meses de vida se desarrolla la etapa de mayor crecimiento de toda la vida. (Fuera del útero, claro: dentro es mucho mayor.) Y aunque a partir de ahí se frene algo, cuando vuestro bebé cumpla el primer año ¡habrá triplicado su peso al nacer y habrá crecido un 50% eneestatura! Es decir, habrá ganado unos seis kilos y unos veinticinco centímetros. Llamativo, ¿verdad? Pues aun así hay muchas madres —y, sobre todo, abuelas— que no ven esto con buenos ojos. Les gustaría que engordara hasta reventar.

Pues tengo malas noticias para ellas: durante el segundo año, su retoño, ese que quieren que pese como un cerdo adulto en apenas unos meses, crecerá «solo» unos doce centímetros y ganará «solo» unos dos kilos de peso. Aun así, y con ese frenazo que tanto molesta a las abuelas, a los dos años vuestro bebé medirá más o menos la mitad de lo que probablemente medirá de adulto: entre ochenta y noventa centímetros. Sorprendente, ¿verdad?

Por eso no podéis comparar ninguna otra etapa de su vida —insisto, ninguna— con estos dos primeros años. Si digo esto es porque os insistiré en ello cuando hablemos del niño que no come (o mejor dicho, del niño que *creéis* que no come). Porque sufriréis cuando vuestro hijo no coma (perdón, cuando *creáis* que vuestro hijo no come). Hablaremos de eso más adelante. Ahora os basta con saber que la persona encargada de comprobar el crecimiento (y el desarrollo, como veremos a continuación) de vuestro bebé es el pediatra. Por eso se hacen tantas revisiones de niño sano durante el primer año de vida, y por eso utilizamos esas gráficas que tanto contempláis los padres con auténtico embelesamiento, y con las que os dedicáis a comparar (mal hecho) a vuestro hijo con los demás: los percentiles.

Estas gráficas, que es muy conveniente ir rellenando cada vez que se pesa y se mide al bebé —y son muy fáciles de usar: no requieren de un máster, ni de nada de eso—, indican qué lugar ocupa vuestro hijo dentro de una población de bebés de edad y sexo similares. Y ojo, porque las mediciones aisladas no suelen tener valor salvo situaciones muy concretas. En estas gráficas, que se dibujan a lo largo del tiempo, es importante hacer mediciones... en el tiempo, para poder extraer conclusiones. Tampoco sirven para mirarlas de forma obsesiva ni sacar conclusiones extrañas, sino para que el pediatra constate que todo va como debe ir, al menos en lo que al peso y la talla se refiere, ya que los niños hacen muchas más cosas, aparte de crecer y de engordar. ¿Queréis saber cuáles?

3. Qué cosas hace vuestro bebé

Desde el nacimiento hasta los seis meses

Lo que los pediatras llamamos «desarrollo psicomotor» son, en realidad, las cosas que va aprendiendo a hacer vuestro bebé. Y aunque muchos padres no dejan de alardear de lo despierto que es el suyo, casi imaginándose a la Real Academia de las Ciencias Sueca postulándolo para el Nobel del año que viene, en realidad existen unas pautas generales que todos cumplen; eso sí, dentro de unos plazos. Ni va a ser Einstein por caminar antes, ni el último de la clase por hacerlo después. Así que paciencia, ya os diré qué podéis hacer para estimularle.

Si sois perspicaces, os habréis fijado en que vuestro recién nacido suele tener los brazos y las piernas parcialmente flexionados, de forma que si se los estiráis... ¡Bum! Vuelven a su sitio. Y aunque puede girar la cabeza, apenas la sostiene (de ahí la importancia de sujetarlo bien del cuello). Y aparentemente no hace nada, ¿verdad? ¡Mentira! Lo cierto es que posee un montón de reflejos, como el de búsqueda del pezón (abre la boca y busca con ella al estimularle alrededor de los labios) o el de succión, gracias a los cuales puede alimentarse.

También habréis comprobado que en la cuna se queda quieto y con los puños cerrados, pero que reacciona a los sonidos bruscos con un respingo, a veces incluso llorando. También fija la mirada en vuestras caras, que es lo que más le gusta mirar, pero la visión sigue siendo confusa, ya que los niños nacen con miopía y solo pueden ver con cierta nitidez aquello que está a unos veinte o treinta centímetros de su rostro. ¿Y qué es lo que más le gusta ver? Exacto, vuestras caras. Por eso es bueno que os acerquéis para hablarle.

Al mes ya levanta algo la cabeza y os mira, y a los dos meses balbucea y se ríe al veros, por lo que os empezáis a sentir unos buenos padres. A los cuatro meses os tendrá conquistados porque ya hará un montón de monerías: reírse a carcajadas, girarse cuando le llamáis, balbucear y canturrear como un loco (ahora veremos por qué) y, la menos graciosa para vosotros, llevárselo todo a la boca, porque ya es capaz de coger y soltar objetos con sus manos. Ojo, que también aprenderá a rodar sobre sí mismo, así que cuidado, si no queréis que haga vuelo sin motor.

A esta edad también son observadores; es decir, les gusta contemplar lo que sucede a su alrededor, sobre todo cuando están en brazos de los padres o van en el coche de paseo, donde les gusta ir asomados, por lo que es normal que no utilicéis el capazo sino la silla. Pero ojo, que también les gusta descubrir y explorar su cuerpo, y por eso se miran tanto las manos y les encanta cantar, porque comprueban que, al hacerlo, pueden escucharse. Y lo hacen. Y lo repiten. Y lo vuelven a repetir. Y vosotros, encantados.

Un último apunte: la cuchara. Sí, sé que suena a desastre. De hecho, es un desastre. Pero a los cuatro meses querrán coger la cuchara. Y vais a tener que dejársela. Así que armaos de paciencia, pañuelos, baberos... y dos cucharas. ¿O es que pensabais dejar que comiera él solo?

Desde los seis meses a los dos años

A los seis meses serán capaces de reconocer y de imitar las emociones que reflejan las caras de los padres, especialmente la risa, y les encantará jugar con vosotros. De hecho, echarán de menos los juguetes que se caen al suelo o que podáis esconder detrás de vosotros, y se alegrarán y harán fiestas cuando reaparezcan. Por eso les encantará jugar a «¡Cu-cú!», como descubriremos cuando hablemos de los juegos que sirven para estimularle.

También cambiará objetos de mano y todo, absolutamente todo, terminará en su boca, para vuestra desgracia. A los seis meses comenzará a sentarse, aunque puede que al principio le cueste y se balancee y se caiga como un muñeco. Lo terminarán de conseguir sobre los siete meses, y luego aprenderán a girar sobre el culete e incluso a reptar y hasta gatear, pero eso será a partir de los ocho o los nueve meses.

Entre los ocho y los doce meses aparecerá un fenómeno curioso, en el que el lactante sufre si la madre desaparece de su vista porque cree que no va a volver a aparecer (aunque curiosamente en esta etapa estén aprendiendo que los objetos no desaparecen, si dejan de verlos). Es lo que se llama la «ansiedad de separación» y, aunque ya hablaremos del tema de dormir más adelante, es bueno que sepáis que por esto es por lo que se recomienda que duerman solos antes de que llegue esta etapa, ya que al despertarse puede sufrir si no ve a la madre. Tranquilos, con el tiempo aprenderá que mamá no desaparece para siempre.

A los nueve meses empezará a usar el pulgar de forma correcta (cosa que mejorará sobre los doce), y por eso querrá comer siempre con su cuchara, así que tendréis que seguir utilizando dos, una para él y otra para quien de verdad le está dando de comer, ya que la suya terminará en cualquier sitio menos en su boca. Aunque hablaremos del lenguaje y del habla más adelante, podéis saber que hacia los diez meses por fin juntará sílabas con sentido. Y hacia los once o doce meses, que es cuando empieza a comprender el significado de la palabra «No», aparecerán las primeras rabietas. Lógico. Hablaremos también de ellas, más adelante.

Los doce meses marcarán el inicio de la deambulación, poco a poco, aunque pueden hacerlo a los diez o a los quince, y serán igual de listos. Eso sí, cuando comience a caminar deberíais fijaros en unos cuantos detalles de vuestro pequeño: sus piernas son aún cortas en comparación al tronco, y su equilibro es rudimentario y tanto el culo como el abdomen asoman hacia fuera. Por eso caminará con los brazos abiertos y las piernas flexionadas, de forma que el hueco entre ambas tenga forma de círculo. Además, girará el tronco a cada paso y deambulará con los pies torcidos. Pero ¿acaso esperabais que caminara con la pose de un mayordomo inglés? Pues muchas madres sí. Hablaremos de eso más adelante.

Entre los doce y los quince meses aprenderá a jugar con varios objetos a la vez. Por ejemplo, apilará cubos o meterá pedazos de pan dentro de vuestro precioso televisor LED. También realizará juegos de imitación, como hacer que se peina, utilizando su mano a modo de cepillo. Y tan feliz.

Hacia los dieciocho meses subirá escaleras con ayuda —ojo, que también trepará a muebles no muy altos, con el consiguiente riesgo— y comenzará a decir frases de dos palabras. Le encantará hablar por el móvil (vamos, ponérselo en la oreja), dar abrazos y decir su nombre. También a esta edad comenzará a comprender y cumplir órdenes y normas —otra cosa es que le apetezca hacerlo—, e incluso hará cosas tan curiosas como regañarse a sí mismo con un «¡No!» cuando sabe que está haciendo algo que no debe (o sea, casi siempre). Pero da igual: al final hará lo que fuera a hacer, porque a esta edad aún les cuesta reprimir los impulsos.

A los dos años querrá subir y bajar escaleras solo (esto genera infartos, sí) y será capaz de calcular, más o menos, la trayectoria de un objeto que se mueve. También manipulará objetos, como un palo, para alcanzar otros objetos que desee (sí, os lo encontraréis explorando bajo el sofá en más de una ocasión). Y es posible que siga mostrando esa ansiedad de separación que nombraremos en más ocasiones, pues a pesar de que estará desarrollando su independencia (cosa de la que también hablaremos), aún sentirá un fuerte apego hacia los padres, de los que a veces les costará separarse (sobre todo, para dormir). Por eso suele ser útil utilizar los llamados «objetos de transición», mantas o juguetes que le dejáis para que juegue o se duerma. Cuando sienta ansiedad porque no estáis delante, esos objetos le calmarán. O al menos, en parte. Vale, o en nada. Pero hay que intentarlo, ¿no?

4. Cómo estimularle a través del juego

Hoy en día está de moda hablar del tiempo «de calidad» que los padres dedican a sus hijos. Dedicarles tiempo no consiste solo en estar sentados a su lado viendo la televisión o leyendo importantísimos emails de trabajo. El llamado tiempo de calidad es aquel que fomenta el vínculo con vuestro bebé, a la vez que le hace disfrutar y aprender. Y para ello, nada mejor que el juego, esencial para estimular su desarrollo. A pesar de que jugar con vuestro hijo es la cosa más sencilla y natural del mundo, me sorprende la cantidad de padres que no lo hacen (porque están demasiado ocupados) o que no saben hacerlo (porque están demasiado ocupados como para aprender).

Es muy fácil detectar a estos padres en la consulta, porque tratan a sus hijos casi como a desconocidos, y se dirigen a ellos con términos y gestos inapropiados para su edad. Por ejemplo, le hablan como si fuera tonto (siempre digo que los lactantes son pequeños, pero no tontos) o de forma temerosa o dubitativa. Entonces te das cuenta de que te hallas ante un padre que no le dedica tiempo «de calidad» a su bebé, y está haciendo un poco de teatro delante de ti. Y permitidme que os diga una cosa: eso es un poco triste.

Y es que es muy fácil jugar con él: cuando solo tiene semanas, basta con aprovechar esos ratos en los que está despierto para hablarle, sonreírle, tocarle y enseñarle juguetes coloridos para despertar su movilidad y su curiosidad. Entre los tres y los seis meses, podéis jugar a ayudarle a sentarse y enseñarle sonidos y canciones. A partir de los seis, podéis mostrarle objetos, escondiéndolos después y dejando luego que los manipule, pues eso le volverá loco. También debéis decirle su nombre, tratar de hacerle repetir sílabas, mostrarle partes de su cuerpo como los pies o estimularle para que se gire rodando hacia los lados.

A partir de los nueve le encantará escuchar cuentos (y para esto son muy útiles los libros con dibujos), manipular objetos, apilarlos, quitar envoltorios o escuchar y hacer ruidos con los labios. Vamos, las pedorretas de toda la vida. A los doce meses ya podéis ayudarle a caminar, a meter objetos en recipientes (eso le volverá loco), hacer torres (nada menos que de dos cubos) y seguir enseñándole partes de su cuerpo. Aquí debéis usar más los cuentos con dibujos, pues estimularán el desarrollo de su lenguaje (cosa de la que hablaremos ahora a continuación). Y a los dieciocho meses hará construcciones sencillas (¡de tres cubos!) y le encantará darle patadas a un balón.

¿A que no era tan complicado? Como veis, resulta bastante sencillo estimular el desarrollo de vuestro hijo. El problema reside en encontrar el tiempo para hacerlo. Así que ¿a qué estáis esperando? Desconectad el maldito móvil, apagad la televisión (total, seguro que las migas de pan ya la han estropeado) y empezad ahora mismo. Que luego me doy cuenta de quién juega, y quién no, con sus hijos.

5. Cómo se comunica

El llanto como lenguaje del bebé

Hay padres que llegan a la consulta acusándome (incluso con el dedo) de que a su hijo le pasa algo porque llora mucho.

—Correcto —suelo decirles—. A su hijo lo que le pasa es que tiene unos padres que no le entienden.

Y es que durante las primeras ocho semanas un niño puede llorar de media hasta tres horas al día sin que eso esconda nada anormal. Sí, insisto, nada anormal. Simplemente el llanto como *lenguaje*, y no como *habla*, pues *habla* y *lenguaje* son diferentes. Profundizaremos en esto un poco más adelante.

De momento os basta con saber que, aunque os parezca mentira, los lactantes sienten necesidades. Y al igual que nosotros, las expresan. Pero al no ser aún capaces de hablar, utilizan el llanto como lenguaje. Y es misión vuestra (y solo vuestra) comprender el llanto de vuestro hijo para poder actuar en consecuencia. Pues bien, los motivos habituales de llanto suelen ser sobre todo las sensaciones de hambre, sueño y suciedad en el pañal. Pero también las de incomodidad, aburrimiento, enfado, ruido, estrés, enfermedad o incluso frustración. Tranquilos. Ahora os explicaré cómo distinguir cada uno.

Y sí, los lactantes pueden sentirse frustrados si se les hace poco caso, o mostrar estrés e incluso ansiedad si se les estimula demasiado; por ejemplo, si hay demasiado movimiento o ruido alrededor. Y claro que pueden estar incómodos, al igual que vosotros, si sienten frío, calor o se les mete una pestaña en el ojo. Y se sienten quejumbrosos y llorosos si están enfermos o con fiebre. Recordad: sienten las mismas sensaciones que vosotros. Solo que ellos solo pueden comunicarse a través del llanto. Así que, mientras aprende a hablar, os toca a vosotros aprender a interpretar su lenguaje. Exacto, el que expresa a través del llanto.

Por cierto, si sois de esos padres que aún se lo plantea, os lo diré bien claro: es bueno cogerlos en brazos para calmarlos. Existen varios estudios (serios, no de vecina del barrio) que demuestran que los bebés que pasan mucho tiempo en brazos de sus padres, como forma de consolar el llanto, son niños que lloran menos al año de vida y que presentan menos conductas agresivas a los dos años. Es más, parece que los niños que son transportados pegados al cuerpo de sus madres (usando esos pañuelos y mochilas que están tan de moda) también lloran menos que los que son transportados en carritos. Así que abrazad a vuestro hijo y dejaos de tonterías de esas de «es bueno dejar que llore». Luego no os quejéis si os sale agresivo.

Ah, y tranquilos: no siempre va a llorar tres horas al día. Más o menos a los tres meses «solo» llorará una hora al día, y ese tiempo, poco a poco, irá descendiendo. Recordad que llorará menos si lo abrazáis. Así que... ¿de verdad el llanto sigue siendo un problema?

Cómo actuar frente al llanto

Aquí viene la parte complicada. Ya sabéis que vuestro bebé, al llorar, está tratando de comunicar algo. Pero ¿qué? Tranquilos, que esto es más fácil de lo que parece. El más común es el llanto de hambre. Es tan fácil que no tardaréis en aprender a distinguirlo incluso antes de que llore. Sí, creedme: sabréis que tiene hambre en cuanto empiece a arrugar el gesto y a mover los labios como si estuviera chupeteando. Si empieza a hacerlo, suele ser de forma fuerte y vigorosa, y por eso tenéis que tratar de evitarlo: muchos bebés que lloran de hambre lo hacen con tanta rabia que luego resulta complicado alimentarles.

Otro tanto sucede con el llanto del sueño, que es más suave y rítmico, pero muy irritable. Por eso, y para que no llore por sueño ni por hambre y la liemos, es bueno establecer una rutina. Esto es algo que repetiré mucho: la rutina de horarios es muy buena para los niños. Insisto, muy buena. Por eso, una vez creada no debéis romperla, menos aún por motivos tan frívolos como tomaros unas tapas con unos amigos. Luego no os quejéis si llora y no come, o si llora y no se duerme porque «se le ha pasado su hora». Hablaremos más de su rutina y del sueño y de las comidas. Tranquilos.

El llanto de suciedad o el del niño que está incómodo son parecidos. El niño se queja, llora, se calma y luego sigue llorando, hasta que se hace continuo. Es fácil comprobar si el pañal está sucio, pero a veces la causa no es tan sencilla y reside en que tiene calor (sí, los bebés también pueden tener calor, no siempre deben ir abrigados como si se acercara una glaciación), frío, el brazo entre el colchón y la cuna o una pestaña en el ojo, por citar algunas cosas que pueden molestarle.

Algo parecido sucede con el llanto por fatiga o por estrés, en el que el niño está harto del ruido, de que le hagamos «monerías» o de que haya gente alrededor, y solo quiere que lo dejemos en paz. Así que cuidado con las reuniones sociales, y más si son a horas en las que el niño suele dormir: recordad su rutina de horarios.

Pero a veces los niños lloran por lo contrario: porque están aburridos. Este llanto suele ser fácil de detectar porque en primer lugar el bebé está solo, por lo general en la cuna, y comienza siendo flojo y va ascendiendo. Ni que decir tiene que calma nada más coger al niño. ¿Y qué hemos dicho de los brazos? Que son buenos.

Sí, son buenos. Aunque podéis hacer lo que queráis, claro. Vosotros veréis, si os sale psicópata por no abrazarle.

Por último, y esto también ocurre, a veces los niños lloran porque ya no saben ni lo que quieren. Lloran si los dejas, y lloran si los coges. En estos casos, y descartado todo lo demás, incluso la fiebre, suele ayudar mucho cambiar el entorno, iniciar un juego, mirar algo llamativo o cantarle algo al lado de la ventana, mientras pasan los coches. En alguna de esas actividades se olvidará del llanto y de su enfado. Así que paciencia.

Por cierto, algunos lactantes que tienen entre seis meses y tres años a veces se quedan azules al llorar: es lo que muchas abuelas llaman «quedarse privado». En realidad se llaman «espasmos del sollozo». Si se produce uno de ellos, esperad a que pase (solo dura unos segundos) y decídselo a vuestro pediatra. Pero lo que no debéis hacer es zarandear al niño para que reaccione, como me cuentan algunos padres en consulta, porque podríais lesionarle el cuello. Esos espasmos suelen pasarse solos y en general no hay que hacerles caso: como aprendan a provocarlos para llamar vuestra atención (y os aseguro que lo hacen, sobre todo con las abuelas), estáis perdidos.

Balbuceos y primeras palabras

Estupendo, ya sabéis que el llanto es una forma de comunicarse de vuestro bebé, que va a utilizar hasta los dos años. Pero por suerte para vuestros oídos pronto aprenderá otras formas, tanto verbales como no verbales, para expresarse. Y es que una cosa es el *lenguaje*, que es un acto mental que vuestro bebé comenzará a aprender casi desde el primer día, y otra cosa es el *habla*, que consiste en articular una serie de sonidos estructurados con la boca, que sirven para expresar el lenguaje. Eso lo hará más tarde.

Pues bien, la mejor forma de desarrollar el *lenguaje* es hablarle al niño (ya que poco a poco lo irá interiorizando), pero también mostrándole afecto y cariño. Y sí, papis, esto va muy en serio: los niños a los que se les da poco afecto tardan más en desarrollar el lenguaje y el habla. Entre el mes y los tres meses de vida utilizará los suspiros, los bostezos, su mirada y algunas vocalizaciones como «Aaah» y «Oooh», que muchos padres refieren como «Ajo» en la consulta, señalando que su hijo es muy listo. Pero no, no dicen «ajo». De momento, son solo vocalizaciones.

A los cuatro meses comienza a balbucear usando consonantes y vocales, como «Mmmh» y «ma». Y a los seis meses de edad se ríe cuando hacéis cosas que le agraden, como jugar con él o cogerle en brazos, y os pondrá morros (u os mirará mal) cuando le obliguéis a comer o le mostréis a un desconocido. Pues eso, el hacerse entender sin necesidad de hablar, es lo que se llama «comunicación no verbal», y es esencial conocerla y saberla interpretar para que sepáis lo que desea vuestro bebé. Está utilizando un *lenguaje*, aunque aún no *hable*: un lenguaje no verbal. Pero eso no significa que vuestro retoño no se esfuerce en hablar, porque eso le encantará. Tanto, que mirará embelesado vuestros labios cuando le habléis.

A los siete meses será capaz de expresar una gama enorme de emociones con sus gestos y miradas, así como de responder a las vuestras. Y si no, ¿por qué creéis que muestra sus juguetes? Es su forma de compartir su felicidad con vosotros. Por su parte, ese balbuceo propio de los seis meses se transformará en sílabas con algo de sentido alrededor de los ocho. Entre los diez y los doce, el «ma-ma-ma-ma» se transformará por fin en ese «mamá» que tanto estáis esperando. O en «papá». Ah, no os enfadéis si primero dicen «papá». Son así de ingratos. El caso es que por fin hablará, a la vez que seguirá mejorando su capacidad para comprender: a esta edad, y solo por vuestro tono de voz, ya reconocerá si estáis alegres o enfadados.

Hacia los once meses entenderá perfectamente el significado de la palabra «no». Otra cosa bien diferente, es que os haga el más mínimo caso cuando la escuche. Por cierto, la mejor forma de desarrollar el habla del niño es invitarle a que hable para comunicarse y utilizar libros con dibujos, cuando son pequeños. Por eso os insistía en que los usarais, a partir de los seis meses, cuando juguéis con ellos. Los libros con dibujos que vais señalando y nombrando en voz alta, le ayudarán a desarrollar el hablar. Recordad: más tiempo de calidad y menos fútbol o emails.

Desarrollo del lenguaje y del habla hasta los dos años

A partir del año el lactante desarrollará un *lenguaje* verbal propio. Es decir, solo lo comprenderá él, algo que tampoco le importará demasiado porque en realidad le bastará y le sobrará con sus miradas, gestos y sonrisas o enfados para hacerse entender. Es lo que se llama «jerga infantil», y lógicamente es transitoria.

En cuanto al *habla*, a los dieciocho meses será capaz de nombrar algunas partes de su cuerpo y conocerá unas quince o veinte palabras, que llegarán a casi cien alrededor de los dos años, edad en la que además será capaz de construir frases de dos palabras, como «Mamá agua». No contento con ello, a esta edad también comprenderá gran parte de lo que le digáis (es decir, su *lenguaje* está más desarrollado de lo que aparenta a juzgar por su capacidad de *hablar*) e incluso será capaz de comprender órdenes de dos fases, por ejemplo: «Recoge tus juguetes y siéntate para cenar». Ojo, digo que las comprenden, no que os vayan a hacer caso.

Debido a esa diferencia entre *lenguaje* y *habla* es normal que parezca que muchos niños de dos años apenas saben hablar. Hablan poco o nada, es cierto, pero porque en realidad no lo necesitan: se hacen entender mediante el ya mencionado «lenguaje no verbal». Pero si oyen bien, comprenden lo que le decís y se hacen entender, es que están desarrollando bien el *lenguaje*, y sería raro que tuvieran un problema relacionado con el *habla*. Pero por supuesto, si tenéis dudas al respecto, consultad. Lo normal es que el pediatra os pregunte si va a la guardería o tiene relación con otros niños, ya que en esos casos suelen hablar más porque se ven obligados a hacerlo. De hecho, ya desearéis que hablen menos cuando tengan tres o cuatro años y no se callen ni debajo del agua o empiecen con la etapa del «¿Por qué?», una y otra vez.

Desarrollo de las habilidades sociales.

Aunque pueda parece que los bebés no hacen demasiadas cosas (algunos padres hasta dicen que son aburridos (qué insensatos), me alegra poder afirmar de forma rotunda que no es así. En absoluto. De hecho, en las revisiones de niño sano los pediatras solemos ser bastante pesados, preguntando por las cosas que hacen los niños. Por ejemplo, en las primeras semanas de vida, los recién nacidos ya responden a la cara y las voces de los padres, y eso es mucho, aunque no os lo parezca. Hacia las cuatro semanas de vida se calman al cogerlos en brazos (y esto no va a suceder siempre, así que aprovechad y dadle mucho cariño) y pueden comenzar a sonreír cuando ven a los padres. Y esto, creedme, mola. Mucho.

Pero mucho más mola el que a partir de los cuatros meses ya ríen a carcajadas, pues esta es una de las etapas más bonitas de un niño. Y también grita. Y grita. Y grita más fuerte. Pero no porque le pase nada, sino porque ha descubierto que puede hacerlo y le gusta escucharse. ¡Genial! Aunque lo haga a las cuatro de la mañana. Es señal de que va bien.

A los seis meses reconoce a los padres del resto de las personas. Tanto, que los extraños pasan a no gustarle nada e incluso llora cuando los ve. Aunque sean sus tíos. O los abuelos. Que no se agobien (y no os riáis de ellos): es normal. Y en teoría (insisto

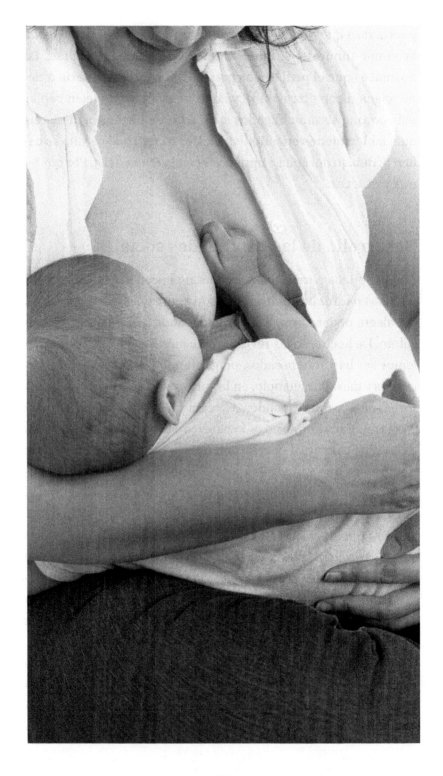

en lo de la teoría, porque en los apartados del sueño hablaremos de esto)... ya saben dormirse solos. Si vuestro hijo es así, enhorabuena. Si no, paciencia y seguid leyendo.

Hacia los nueve meses les encanta dar palmitas, sobre todo cuando alguien lo hace, sujetar el biberón solos (y no pasa nada porque derrame un poco de agua)... ¡y por fin responde a su nombre! Sobre el año lanzará besos con la mano, y eso hará que se os caiga (aún más) la baba.

Sobre los quince meses ya señala lo que quiere y es capaz de comer solo... aunque lo pondrá todo perdido. Es normal, y es hasta bueno. Así que paciencia, porque hacia los dieciocho meses querrá comer él solo y no podréis impedírselo. Nada que un buen trapo, agua y jabón no puedan solucionar.

Y entre los dieciocho y los veinticuatro meses, vuestro bebé, que ya no será tan bebé, os avisará cuando moje el pañal, se lavará y se secará las manos, sabrá subirse los pantalones... y por fin comenzará a jugar con otros niños, aunque aparte de ellos. Es decir, hará lo que se llama «juego en paralelo», en el que cada uno va a lo suyo. Es normal, y hacen bien. Ya tendrán tiempo de pelearse cuando sean más grandes.

6. Cómo come

Lactancia materna

Beneficios de la lactancia materna

Lo más probable es que penséis que dar el pecho es lo mejor para vuestro bebé. Pues en ese caso, y sin que sirva de precedente, os voy a dar la razón. La lactancia materna es el mejor alimento para un lactante. De hecho, es todo lo que necesita durante sus seis primeros meses de vida y se recomienda mantenerla al menos hasta el año o, si es posible, hasta los dos. Pero ojo, que no hay que ser extremistas: no se trata de dar el pecho porque sí, sino de conocer los motivos por lo que es bueno.

En primer lugar, la leche de madre se digiere y absorbe mejor que la de biberón. Esto de por sí implica mejores digestiones y menos gases. Y menos gases implican menos cólicos. Y menos cólicos suponen menos noches de llanto y, por lo tanto, menos noches sin dormir. Un buen motivo, ¿verdad?

Pues la leche materna también aporta defensas al generar una mejor flora bacteriana en el intestino del bebé, la cual le protege de enfermedades. Además, diversos estudios (de los de verdad) han demostrado que los niños que toman lactancia materna tienen menos problemas de obesidad (hablaremos mucho de esto), menos alergias y menos riesgo de formación de tumores (sí, habéis leído bien). Por si fuera poco, parece que previene la aparición del síndrome de muerte súbita del lactante, algo de lo que también hablaremos.

Y como remate, alimentar a un bebé al pecho también mejora el vínculo afectivo entre el bebé y su madre. Pero es que, además, las madres también se protegen de la osteoporosis, del cáncer de ovario y del de mama. Y la succión del pezón disminuye las hemorragias del útero, por lo que las madres ahorran hierro y reducen el riesgo de anemia. Por cierto, ¿sabíais que dar el pecho adelgaza? Sí, va en serio: las mujeres que dan el pecho tienen un 30% más de gasto energético, es decir, es como si hicieran ejercicio diario durante un par de horas al día. Así que ¿de verdad aún os lo estáis planteando?

Cómo dar el pecho

Seamos sinceros: no conozco a ninguna madre que no sepa dar el pecho. Ni a ningún recién nacido que no sepa mamar. Así que la cosa debería de resultar bien sencilla, ¿verdad? Pues no, muchos padres se agobian con este asunto y, por desgracia, terminan abandonando la lactancia materna por motivos que, en verdad, son absurdos. Y esto siempre me da pena porque, en realidad, dar el pecho es absurdamente sencillo.

¿Os acordáis de que os comenté que un recién nacido disponía de un reflejo de búsqueda del pezón y de otro de succión? Pues precisamente por eso basta con acercar los labios del niño al pezón de la madre para que lo agarre y comience a succionar. Ya está. El niño chupará y el cuerpo de la madre responderá. Vale, hay madres que se agobian con la postura, pero cada madre y cada niño tienen la suya, por lo que hay que esforzarse un poco en encontrarla. Daré unas pistas: ambos deben estar cómodos, de forma que el niño tenga el cuello recto y la barbilla contra el pecho, para que pueda acercar su boca al pezón y englobarlo junto con gran parte de la areola, de modo que su lengua quede por debajo del pecho.

¿Cuándo? Pues el momento ideal para comenzar es justo después del parto, ya que tanto la madre como el recién nacido estaréis activos. Una hora después es posible que ambos estéis dormidos, por el agotamiento. Y luego, las tomas serán a demanda, porque se han realizado estudios en los que se ha constatado que los niños se adaptan a los horarios rígidos, pero los que toman a demanda presentan menos episodios de bocanadas o de diarrea y su aumento de peso es más uniforme. Así que a demanda. Total, en unas pocas semanas el propio bebé irá dejando unas dos o tres horas entre las tomas.

¿Y cómo son las tomas? Pues de unos diez a veinte minutos, cuidando de que no sea mucho más para que no traguen aire en vez de leche y que vacíen bien un pecho antes de comenzar con el otro, si es que lo necesitan. En caso de quedar a medias de un pecho, luego se podrá iniciar la toma por ese. Y no olvidéis ayudarle a expulsar esos gases que no queremos que trague. Ya hablaremos de los cólicos.

Un apunte importante. Sé que todo el mundo os dice que los niños que toman pecho no suelen necesitar aportes extra de agua, y es cierto. Pero no me seáis extremistas: el que no la necesiten no significa que esté prohibida. Y en determinadas situaciones, por ejemplo si hace calor o tienen fiebre, sí que pueden necesitarla, incluso aunque aumentéis la frecuencia de las tomas. Por último, los niños que toman el pecho también suelen necesitar un aporte de vitamina D durante sus primeros meses. Así que no os extrañéis si vuestro pediatra os la receta.

Dieta, fármacos y dudas de madres que dan el pecho

En realidad, una madre que da el pecho debe cuidarse como deberíamos hacerlo todos: con una dieta completa y variada, haciendo un poco de ejercicio suave al día (caminar treinta minutos, por ejemplo) y con una higiene suficiente pero no abusiva. Por ejemplo, ducharse una vez al día, y sin necesidad de lavar el pecho cada vez que da una toma.

Doy por sentado que sabéis que el consumo de alcohol o de tabaco está desaconsejado durante la lactancia. Hasta ahí, bien. Pero lo que muchos padres ignoran es que las bebidas como el café, los refrescos de cola o el té contienen mucha cafeína, y que esta pasa a la leche materna. Por eso, muchos bebés irritables (con gases, con llantos inexplicables o que simplemente no duermen bien) mejoran cuando la madre reduce o deja de tomar los tres cafés y las cuatro Coca-Colas que se tomaba al día. Pues bien, esto vale para cualquier otro excitante, como el chocolate o el té.

También sabréis que hay que tener cuidado con los medicamentos y la lactancia. Sin embargo, aquí se da otra paradoja, pues pocas madres saben que muchas infusiones, plantas, cremas o incluso contaminantes ambientales también pasan a la leche porque se absorben incluso por la piel. Así que ojito con las infusiones, las hierbas y lo que os aplicáis sobre la piel. No imagináis la de veces que el hecho de prohibir las infusiones o el aplicarse cremas resuelven cuadros en los bebés que parecían inexplicables.

Problemas habituales (y evitables) durante la lactancia

La inmensa mayoría de las veces que una madre me relata que ha dejado el pecho porque tenía problemas, sé que es mentira. Vale, en algunas es cierto, y en esas lo sabes enseguida. Pero en la mayoría, los problemas que suelen surgir con relación a la lactancia se pueden solucionar. Entre los problemas más frecuentes se encuentran las grietas, los pezones planos o invertidos, los pechos ingurgitados, la mastitis y los baches de lactancia.

Las grietas son frecuentes, pero la mayoría se originan por malas posturas o una mala técnica, y se suelen solucionar dejando el pezón seco tras las tomas o usando cremas de lanolina. Admito que los pezones planos e invertidos a veces son complicados de manejar, pero permiten la lactancia. La ingurgitación del pecho, cuando se acumula demasiada leche, se puede solucionar con masajes suaves y calor, o con un sacaleches. Incluso la mastitis, la inflamación dolorosa del pecho que no es vaciado a tiempo, puede tratarse sin tener que interrumpir la lactancia. Y no es raro que los hongos colonicen el pecho de la madre y la boca del recién nacido, cosa que muchas veces se detecta por dolor durante las tomas, y que se puede solucionar con un tratamiento sencillo.

Otras veces las madres se desesperan sobre las tres, las cinco o las doce semanas de vida de su bebé. Creen que tienen menos leche porque no notan la sensación de «vaciado» del pecho. Sin embargo, no es así: tienen leche suficiente, y esa sensación de agobio (que se llama «bache de lactancia» y les sucede a muchas madres) se soluciona poniendo al niño al pecho más veces al día. Lo que no debéis hacer durante esos baches es desesperaros y cortar la lactancia pensando que no servís para eso. Recordad: debéis consultar (si es posible) siempre antes con vuestro pediatra o vuestra matrona. De hecho, las matronas suelen resolver casi todos los problemas de la lactancia con sus consejos o viendo cómo dais la toma y corrigiendo la técnica o la postura. Así que espero que os haya quedado claro: si queréis dar el pecho (y salvo excepciones muy puntuales), vais a poder hacerlo.

Lactancia artificial

Ya sabéis que la lactancia materna es la alimentación ideal durante los primeros meses. Pero tampoco os debéis sentir malos padres si, por algún motivo, no podéis darle el pecho a vuestro bebé. Hay madres que hasta me piden perdón por no hacerlo, pero a día de hoy no he castigado ni denunciado a nadie por dar biberones de fórmula artificial. Si es lo que queréis, o simplemente no podéis dar el pecho, podéis hacerlo. Para ello, durante los seis primeros meses usaréis las fórmulas «1» o «de inicio», y después las «2» o «de continuación».

La lactancia artificial es un poco más complicada porque requiere utilizar unos utensilios que no eran necesarios con el pecho, como por ejemplo el biberón, que se recomienda sea de cristal y que se esterilice durante los primeros meses (pero no hace falta cuando el niño ya tiene dieciocho años). La higiene también es importante a la hora de preparar las tomas porque los polvos de los preparados se contaminan con facilidad. Poned siempre 30 mililitros de agua por cada cazo raso de fórmula y nunca, nunca, nunca compactéis los cazos o pongáis polvo de más, como hacen algunas abuelas para «engordar» al niño «porque lo ven muy delgado». En fin. Abuelas.

Otra regla de oro, y que repetiremos más adelante, es que vosotros elegís el alimento pero el niño decide la cantidad. Y es que cada lactante ingiere una cantidad diferente en cada toma, que además puede variar incluso en el mismo día, así que no os obsesionéis con lo que pone en los botes. Como regla (y, por lo tanto, no aplicable a todos), las dos primeras semanas suelen ingerir ocho tomas de unos 60 centímetros cúbicos de leche. De las dos a las ocho semanas, siete tomas de unos 90 centímetros cúbicos y, a partir de ahí, unas cinco tomas al día, con una cantidad de leche bastante variable en función de cada niño. ¿Cuánta? Pues la suficiente como para que aguante unas tres a cuatro horas sin pedir, pero no tanta como para que no pare de regurgitar. Es decir, la que él quiera. Él decide la cantidad, no vosotros.

Y recordad que vuestro lactante no es una vaca que vais a vender al peso. Se ha demostrado (y esto no es ninguna broma) que la obesidad durante la época de lactante predispone a la obesidad de adulto. Así que un niño gordo no es un niño sano. Un niño sano es el que va en su peso y tiene un desarrollo correcto.

Por cierto (y no por ello menos importante): espero que nunca se os ocurra la feliz idea de darle un biberón a un niño acostado o dormido. (¿Vosotros coméis dormidos? Pues ellos tampoco.) Recordad que debéis ayudarle a expulsar los gases tras la toma, si no queréis pasar la noche en vela por los cólicos. Y tened siempre en mente que si a la primera, segunda o tercera tomas de leche artificial le aparece una erupción por el cuerpo, debéis suspender los biberones y acudir a vuestro pediatra o a urgencias. Así es como se sospechan los cuadros de alergia a las proteínas de leche de vaca. Como podéis imaginar, el dato de que ha tomado biberón es importante. Y es que algunos padres olvidan mencionarlo. Incluso cuando se les pregunta.

Las bocanadas

Ah, qué motivo de consulta y de queja tan frecuente. Cuando en consulta señalo que todos (insisto, todos) los lactantes tienen bocanadas, los padres siempre me dicen que sí, pero que no tantas como su hijo. En fin, tomemos aire.

Las bocanadas se producen porque el esófago del niño es aún inmaduro y su esfínter, el que lo comunica con el estómago, no se cierra bien. Pues bien, por este motivo, parte de la toma puede

salir del estómago hacia arriba, subir por el esófago, alcanzar la boca y de ahí caer al babero. Y en vuestra mente, esas pequeñas bocanadas de leche, no más grandes que un vaso de chupito de la Barbie, os parecen vómitos continuos en los que el bebé expulsa no solo toda la toma, sino también el hígado y hasta su alma.

Pues bien, esas bocanadas son normales en todos (insisto, todos) los lactantes. Se producen típicamente tras las tomas. Y no, no expulsan toda la toma, solo un poco de leche mezclado con saliva. Son benignas por definición, es decir, no afectan ni a su ganancia de peso ni a su desarrollo, dos asuntos que los pediatras controlamos en las revisiones, precisamente porque sabemos estas cosas. Y aunque su número puede aumentar hasta los cuatro meses de vida, luego descienden poco a poco, hasta desaparecer por completo antes de los diez o doce meses. Porque son transitorias. Y repito, benignas por definición. Porque si afectaran al peso y la talla, entonces ya no se podrían considerar bocanadas. Y para detectar eso estamos precisamente los pediatras.

Así que si el niño va bien, tranquilos, por muchas bocanadas que tenga. Pero si tenéis dudas, consultad a vuestro pediatra y acudid a vuestras revisiones de niño sano. Si en ellas el niño va bien de crecimiento y de desarrollo, esas bocanadas tienen que desaparecer. Y lo harán.

La alimentación complementaria

A los seis meses. Punto. No le deis más vueltas. Salvo que os lo indique vuestro pediatra (y hay casos en que lo hacemos), los alimentos se introducen a partir de los seis meses. Hacerlo antes podría provocar atragantamientos en vuestro bebé (y no queréis eso), interferir con la lactancia materna (tampoco queréis eso) y mayor riesgo de intolerancias, alergias e incluso infecciones.

Dar de comer demasiado pronto también se ha relacionado con dos cosas nada graciosas: de mayor, el niño querrá comer sabores más fuertes, y por lo tanto tenderá a comer mucha sal (malo) y mucho azúcar (malísimo). Y también, por motivos obvios, los niños que empiezan a comer antes de los seis meses tienen mayor riesgo de ser obesos. Como no queréis ir cultivando un infarto de miocardio desde tan pequeños, y a no ser que os lo indique vuestro pediatra, los alimentos se introducen a los seis meses. Antes, pecho. Y punto.

Eso sí, a partir de los seis meses la leche ya no basta para alimentarle, y además debe acostumbrarse a masticar y tragar, pero también a las texturas y los sabores nuevos. Cuantas más cosas pruebe en esta etapa (y sí, eso requiere paciencia), menos problemas tendréis luego, en esa temida etapa del «no me come» de la que tanto hablaremos.

Alimentación de los seis a los doce meses

No existen reglas exactas, así que no os obsesionéis con los horarios y menos aún con los gramos de carne de cada comida, pues no existe la perfección, solo esa regla de oro que os iré repitiendo: vosotros elegís los alimentos, y el niño la cantidad que come. Mientras vaya bien de peso, talla y desarrollo, todo estará bien. Y para que todo esté bien, lo único que debéis hacer es seguir unos consejos, hacer caso a vuestro pediatra y valeros del sentido común. Vamos con esos consejos.

Primero: no se trata de atiborrarle. Esto no es un concurso de ver quién engorda más a su hijo (aunque a veces tengo la sensación de que ese concurso sí que existe: funciona mediante cámaras ocultas y en realidad participan las abuelas). Esto va de dar una alimentación sana, completa, equilibrada y variada.

Segundo: se trata de inculcar unos hábitos alimenticios (cosa de la que ya hablaremos) y de crear una rutina de comidas. ¿Os acordáis de lo importante que era la rutina? Pues a la hora de comer, también. Si no, luego no os quejéis de que no come, ni duerme, ni hace nada cuando debe hacerlo.

Tercero: cuando deis alimentos nuevos (ahora veremos cuáles), dejad que pasen unos días antes de probar otro, por si aparecen alergias o intolerancias, para que podáis saber con cuál ha sido. Recordad: esto no es una carrera. Mantened a las abuelas a raya.

Cuarto: que el bebé coma cosas nuevas no impide que siga tomando biberones. De hecho, beberá alrededor de medio litro de leche al día. Pero tampoco os agobiéis con esto, porque dentro de no mucho tiempo estará tomando otros lácteos.

Quinto: se suele comenzar por los cereales, de inicio y sin gluten, que se suelen añadir en cucharadas al biberón (se suele decir que una cucharada por mes de vida del niño), y que luego se usan para preparar papillas. Pero insisto, no hay reglas exactas y las cantidades las determina el niño. A partir de los siete u ocho meses podéis añadir gluten (y vigilar si le sienta bien).

Sexto: la fruta se suele iniciar a los seis meses, y hay que evitar las que son más alergénicas, como las fresas (o las que tienen «pelos»). La verdura también se deben introducir a esta edad, pero evitando las de hoja verde ancha como nabos, espinacas o remolacha, que se posponen unos meses. Otra cosa: a esta edad suelen tener un reflejo en el que parece que escupe mucho lo que le dais. Es normal. Se le pasará. Sed pacientes.

Séptimo: en cuanto a la carne, a los seis meses podéis dar pollo, a los siete, ternera, y a los nueve, cordero. Sin piel ni grasa, claro. El pescado blanco y la yema de huevo, a partir de los diez meses. Y las legumbres, yogures y la leche de vaca (o las de crecimiento), a partir de los doce meses.

Octavo: en menos tiempo de que lo que pensáis, la rutina consistirá en darle a mediodía y por la noche una papilla de verduras (o de verduras y carne) y por la tarde una de fruta, a modo de merienda. Las otras tomas serán de leche. Pero como veis, poco a poco sus comidas se irán pareciendo a las nuestras, aunque sean en forma de papilla.

Noveno: desde que comienza con las papillas, el niño necesita ingerir más agua, así que recordad ofrecérsela. Si no, se estreñirá o hará cosas aún peores.

Alimentación de los doce a los veinticuatro meses

Comienzan a complicarse las cosas. De hecho, hasta ahora ha sido un camino de rosas, en comparación con lo que os espera, ya que alrededor de los dieciocho meses comienza esa temida etapa del «no me come». Que en realidad no es para tanto, como ya veremos. Mientras tanto, dejad de sudar. Aquí tenéis unos cuantos consejos para esta etapa.

Primero: ¿Os acordáis que os dije que a partir del año de vida el crecimiento se frena y el apetito se reduce? ¿No? Pues retroceded al capítulo en que veíamos cómo crece vuestro hijo. ¿Ya? Entonces sigamos.

Segundo: insisto, no se trata de cebar al bebé, sino de alimentarlo para que crezca, se desarrolle y aprenda hábitos sanos a la vez que prevenís la aparición de enfermedades como la obesidad y la diabetes. Sí, soy pesado con esto, pero en el futuro me lo agradeceréis. Y vuestros hijos, más. Recordad decirles que me envíen un jamón cuando crezcan. Y del bueno.

Tercero: vosotros elegís la comida, pero esta también es la edad de los rechazos, así que sed pacientes. Si no quiere un alimento concreto, retiradlo y esperad unos días para volver a ofrecérselo. Al final siempre se lo toman. Insisto, se lo toman. Así que no os rindáis nunca.

Cuarto: a partir del año, la leche puede ser de vaca o de crecimiento, pero siempre entera porque necesita esas grasas. También podéis darle derivados lácteos y la clara de huevo, preferentemente cocido, dos o tres veces por semana. Y legumbres, una o dos veces por semana, y por fin frutas como las fresas o el melocotón. A partir de los quince meses, pescado azul. Y en cuanto a las vísceras, qué queréis que os diga: no son necesarias y transmiten enfermedades si no están bien hechas. Dejadlas para cuando sean bien grandes.

Quinto: ya que preguntáis tanto en consulta sobre lo que es bueno y lo que no lo es, seré claro. Los hidratos de carbono complejos (verduras, pasta y legumbres) son buenos. Pero el exceso de proteínas y de azúcares refinados es malo, malísimo, horrible; de hecho, el azúcar refinado es uno de los mayores venenos de nuestro organismo. Sin embargo, los niños de hoy en día toman el doble de proteínas (¡el doble!) y hasta cuatro veces más azúcar de la que deben. Y esto es un problema serio: ¿sabíais que la ingesta máxima de azúcar refinado que se recomienda para un adulto (al día) es de 25 gramos? Ahora mirad el azúcar que lleva cualquier alimento preparado o industrial. El que sea. Mal, ¿verdad? Pues imaginad cómo sufre el páncreas de vuestro hijo, aparte de cómo ese azúcar predispone a padecer mil cosas terribles, la más leve de las cuales es la mera obesidad.

Sexto: tienen que aprender a masticar y acostumbrarse a nuevos sabores y texturas. Así que a partir del año las papillas serán menos batidas para que los niños se acostumbren a morder y tragar, poco a poco, de forma que a los dos años se lo coman todo con cuchara y tenedor.

Séptimo: precisamente porque deben aprender a masticar y tragar, bajo ningún concepto le deis frutos secos antes de los cuatro o cinco años, si no queréis llevaros un susto de muerte. Se atragantan con mucha facilidad hasta esa edad, y mucho más si solo les dais papillas. Me duele la boca de repetir esto en consulta, y todos los años le pasa a algún niño. Por eso es bueno que a) aprendan a masticar y b) tarden en probar en los frutos secos.

Octavo: a los dos años hará unas tres comidas importantes (desayuno, mediodía y cena), una a media mañana y una merienda. No deis comida entre horas si luego queréis que coma (y ojo, que a esta edad todo el mundo le ofrecerá cosas de comer, sobre todo dulces rebosantes de ese azúcar del que hemos hablado).

Sed flexibles pero respetando los horarios de las comidas. No os quejéis si le cambiáis la hora de comer a diario. El niño lo notará y comerá mal.

Noveno: esta etapa es guarra porque el niño comerá usando su cuchara y su vaso, así que lo pondrá todo perdido. No os enfadéis. Vosotros también lo hicisteis, y vuestros padres os soportaron. Y con esas cosas aprendisteis a comer. Pues ahora les toca a ellos.

Décimo: es importante insistir en que coman de todo (responsabilidad vuestra) y adquieran unos hábitos horarios (también es cosa vuestra). Pero en cuanto a la cantidad, insisto, esa la decide el niño. En breve hablaremos del niño que no come. Y os vais a sorprender. Pero antes, aprendamos a evitar déficits nutricionales y anemias.

Cómo prevenir anemias y otros déficits

A partir de los doce meses los niños comen de casi todo, por lo que no deberían necesitar ningún aporte de vitaminas, hierro ni ningún preparado que complemente su alimentación. Es más, cada vez que unos padres aparecen en consulta exigiéndome que les recete uno de esos preparados porque, según ellos, «su hijo no come bien» (ahora mismo hablaremos de esto), sé que delante tengo a unos padres que no se están esforzando nada. O muy poco. Que para el caso, es lo mismo.

Ya os he avisado: los niños comen menos cantidad (cosa que es normal). Además, la etapa del rechazo a probar cosas nuevas es una lata, pero hay que pasarla porque es normal y, por lo tanto, no se resuelve con medicamentos. Así que para eso estáis vosotros, únicos responsables de alimentar bien a vuestro hijo, porque para eso es vuestro y no del pediatra. Nuestra misión es aconsejaros, pero no podemos acompañaros a hacer la compra ni sosteneros la mano mientras le dais la cucharada al niño.

La mejor (y única) forma de prevenir anemias y déficits de cualquier tipo consiste en establecer una rutina de horarios de comidas, con paciencia para pensar las comidas y los menús para que sean variadas, entretenidas y a la vez nutritivas. Y todo mientras vuestro pequeño agita la cuchara feliz o niega con la cabeza mientras hace pedorretas con la boca llena, poniendo perdida toda la cocina. Sí, son así, pero en el fondo tienen su gracia. Y no, salvo casos excepcionales, no necesitan aportes extra de nada. Y sí, sé que parece que no comen. Pero sí que comen. Vamos a verlo.

¡Este niño no me come!

Cuando unos padres me refieren que su hijo «no come», sé que no es cierto. Basta una sola pregunta —«Pero ¿de verdad no come absolutamente nada?»— para concluir que no es que no coma, sino que no come lo que los padres *creen* que debería comer. Dos conceptos que son bien diferentes. Y es que no conozco a ningún niño que no coma, aunque sí a muchos que comen menos de lo que a sus padres les gustaría. Es decir, que coman como cuando eran menores de un año. Pero claro, esa etapa, si recordáis, era la de mayor crecimiento de toda la vida, crecimiento que se frena hacia el año de vida. Por lo tanto, se reduce el apetito de forma normal. Y lógica. Lo entendéis, ¿verdad?

Entonces, ¿a qué se debe ese temor irracional? ¿Ese pánico al niño que «no come»? Pues salvo excepciones raras, no se debe a un problema del niño. En realidad, muchos de esos niños que «no comen» sí que comen, pero sus hábitos alimentarios están alterados de forma que *parece* que no comen nada. ¿Y quiénes son los responsables de esos hábitos? Premio. Aunque pocos padres lo entienden.

Mirad, los pediatras no hacemos magia pero sí podemos saber, en solo unos minutos, si el aspecto, el peso, la talla y el desarrollo psicomotor de un niño son adecuados. Y un niño con buen color, buen tono muscular, alegre y activo (es decir, casi todos los que van a consulta) es un niño que come.

«Pero es que está más delgado que los demás», me argumentan muchos. Claro, pero es que nadie compara a su hijo con los que pesan menos, claro, que también los hay. Ni siquiera un niño de dos años se puede comparar a todos los niños de dos años de edad porque unos tendrán dos años recién cumplidos y otros tendrán dos años y once meses. Por eso (si recordáis) puede haber dos o tres kilos de diferencia entre ambos extremos. Y tres kilos a esta edad suponen un 20% de su peso, algo así como comparar a una mujer de sesenta kilos con una de setenta y dos. «Vale —me dicen muchos—, el niño tiene buen aspecto pero no come.» Y aquí es donde respiras hondo: los niños no tienen por qué comer más porque no se trata (insisto) de cebarlos, sino de que coman bien.

¿Y qué se puede hacer para que un niño coma mejor? Pues pequeños trucos, como por ejemplo no hacer que las comidas supongan angustia o ansiedad, algo que por desgracia sí que hacen muchos padres. No, no hay que enfadarse nunca durante las comidas, como no hay que ceder a los chantajes del niño (y los hacen), ni dejar que pique entre horas (algo que suele ser culpa en gran parte de las abuelas, que buscan cualquier momento y excusa para cebarlos, de forma que llegan saciados a la hora de comer y luego la pelea la tenéis vosotros). De hecho, muchos niños de entre dos y tres años están saciados todo el día a base de chucherías, y por eso no suelen querer comer cosas «aburridas» como carne o verduras cuando de verdad toca comer. Y eso sí que genera esa sensación de «no me come nada». Que, como veis, no es cierta.

Otros trucos que ayudan son poner raciones pequeñas en los platos (es mejor que pida repetir que tener luego la pelea) y no generar dramas nunca. De hecho, si llega saciado a la mesa no pasa nada porque no coma a mediodía y luego, ya con hambre, pida la merienda. Así descubrirá que comer es un placer y no una pelea. Pero obligarle a comer solo generará enfados, vómitos porque no puede más, y que asocie las comidas con la angustia. Sed listos:

dejad que llegue con hambre a las comidas y veréis qué cambio. Pero para eso, mantened lejos a las abuelas (o, al menos, sus chucherías) entre horas.

Por último, a todos los padres que me dicen que sus hijos no comen les suelo dar otro consejo: que tengan cuidado con la obesidad. Muchos se llevan las manos a la cabeza. Pero enseguida entienden (como vosotros vais a entender ahora) por qué lo hago.

Previniendo la obesidad

Este es un asunto que me preocupa. Y a vosotros también debería preocuparos. Cada vez que unos padres me refieren en la consulta que están preocupados porque su hijo no come, yo les respondo que de lo que de verdad deben preocuparse es de si come bien. Porque en muchas ocasiones los padres recurren a trucos para que sus hijos coman, como por ejemplo darles comidas que a ellos les gustan o alimentos de alto aporte de calorías pero de bajo valor alimenticio. Sí, me refiero a la bollería industrial, los alimentos preparados y los zumos envasados, por ejemplo. Vamos, una fuente de azúcares de los horribles, y caldo de cultivo para la obesidad.

Está más que demostrado que los lactantes con sobrepeso tienden a ser niños y adultos con sobrepeso. Y esto es muy serio. Un niño obeso será un niño con problemas físicos y psicológicos (cosa de la que hablaremos más adelante). Y en muchas ocasiones, el origen de esa obesidad reside en esa obsesión que padece nuestra sociedad por cebar a nuestros hijos.

¿Os habéis dado cuenta de que todo el mundo ofrece comida a los niños pequeños? Abuelas, amigos, vecinos, tenderos... Todo el mundo tiene algo que ofrecerle a un niño. Es más, cuando los padres se agobian porque parece que su hijo de dos años no come, tienden a cambiar su dieta: la hacen menos variada y más rica en azúcares y grasas, sobre todo de animales. Lo hacen poco a poco, sin intención,

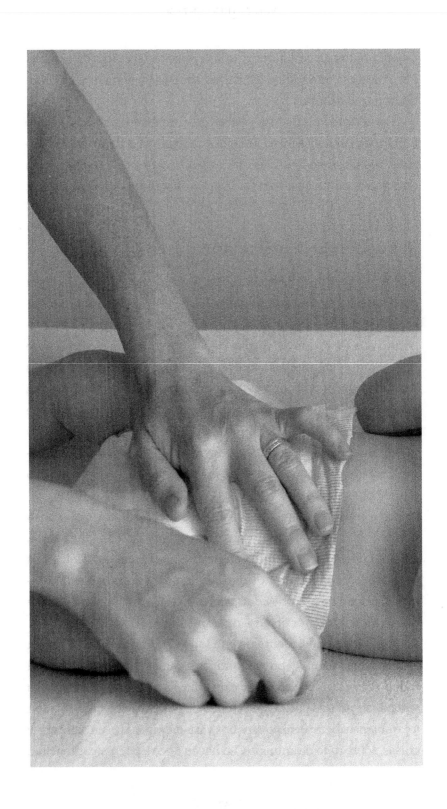

sin darse cuenta..., pero lo hacen. Y al final el niño come solo las cuatro cosas que le gustan. Mal asunto, ¿verdad?

Pues resulta que ese niño de dos años, que ahora no come, dentro de unos cuatro o cinco años hará algo que se llama «rebote adiposo», de lo que ya os hablaré. De momento os adelanto que es una etapa en la que ganan más peso que altura, no como ahora, que hacen lo contrario, y por eso tienen ese aspecto más delgado. Pues bien, si comen mal ahora, en esa etapa se pondrán rechonchos. Y por eso la obesidad hay que prevenirla ahora. Antes de que hagan ese rebote. Porque lo harán. No tenéis más que fijaros en los niños de ocho o diez años, en comparación con los de dos a cuatro: son mucho más gordos. Todos. O casi todos.

Así que por enésima vez: no os agobiéis con las cantidades, que esas las decide el niño. Vosotros esforzaos (y sí, cuesta trabajo) por que aprendan a comer de todo, a seguir un horario, a no picar entre horas, a que prueben cosas nuevas y, sobre todo, a que se muevan. Y aquí adelanto algo: las pantallas (de las que ya hablaremos despacio, empezando por la televisión) se desaconsejan antes de los dos años de vida. Entre otras cosas, porque favorecen el sedentarismo y la obesidad. Sí, incluso en niños de dos años.

Si no queréis tener niños obesos en el futuro, por delgados que parezcan ahora, hacedme caso y esforzaos por ofrecerles una alimentación sana y variada estos dos primeros años. Luego será mucho más complicado corregir la obesidad. Soy duro, ¿verdad? Os aseguro que me lo agradeceréis.

Heces normales

Las heces de los bebés son un asunto que fascina a los padres. Su ritmo, su color, su olor..., cualquier aspecto suyo parece ser objeto de un estudio que no tiene nada que envidiar a los de CSI. En los quince años que llevo en esto, creo que lo único de lo que no me han hablado es de su sabor. Prefiero obviar las dudas que siempre me han surgido al respecto.

Supongo que las heces son objeto de exámenes tan minuciosos porque suelen ser un indicador bastante visual de que todo marcha bien ahí dentro. Y supongo que porque a los padres les gusta examinar todo lo relacionado con sus bebés. Sin embargo (como todo lo relacionado con los niños), las heces son dinámicas. Es decir, varían su consistencia, su color y otras muchas cosas a lo largo del tiempo, por lo que muchos padres se agobian al preguntarse si esos cambios son normales.

Nada más nacer, los niños expulsan el llamado *meconio*, una deposición negruzca que muchos padres prefieren llamar «la pez». Los lactantes alimentados al pecho pueden hacer una deposición después de cada toma, algo que no suele sucederles a los lactantes que toman leche artificial, pues de hecho estos tienen un ritmo mucho más bajo. Tanto, que puede llegar a ser de solo tres deposiciones a la semana. Y ambos extremos son normales.

Pasados los primeros días de vida, las heces suelen ser de color marrón (aunque algunos alimentos las tiñen un poco) y de consistencia blanda. La presencia de restos de sangre, grasa o de cualquier otra cosa, así como las deposiciones líquidas o las duras, siempre deben ser motivo de consulta. Pero si las heces son de aspecto normal y siguen un ritmo más o menos normal, por favor no os obsesionéis. Se termina mirando muy raro a unos padres que hablan de las heces de sus hijos como si fueran diplomas de Harvard.

Consejos para los dos primeros años

1. Su entorno y su seguridad

Seguridad en su entorno habitual

El entorno habitual de un bebé, sobre todo un recién nacido, en realidad sois vosotros, porque va a pasar gran parte del tiempo en brazos (y ya dije que esto no era en absoluto malo). Eso sí, desde el primer día debería dormir en su cuna y, en pocos meses, en su propia habitación. En esta os bastará con que haya una cuna, un cambiador y un armario, así que huid de todo lo innecesario: ya se llenará de cosas con el tiempo. Al principio es mejor que haya espacio y que sea cómoda para moveros, con luz agradable y las paredes en tonos pastel, y que el aire circule bien.

La cuna debe estar homologada y tener una barandilla de unos sesenta centímetros de alto y con menos de seis centímetros de espacio entre los barrotes, para que no pueda meter la cabeza entre ellos (cosa que intentará hacer). Ponedla en un sitio sin corrientes de aire y dejad espacio alrededor para que podáis manejar al niño. Cuanto menos espacio, más incómodos, y cuanto más incómodos, más riesgo de que el bebé se os caiga. Malo, ¿verdad? Pues sed funcionales, ya os preocuparéis de la estética más adelante. La función primordial de su habitación es usarla, no enseñarla en revistas.

La bañera debe ser de formas redondeadas, sin picos y, sobre todo, anclarse bien y permitir que el niño se siente, pues así es más fácil manejarlo. Recordad que el agua resbala y que nunca, nunca, nunca, bajo ningún concepto (y me da igual el que sea) debéis dejar a vuestro hijo solo en la bañera. Ni aunque sea para coger una toalla que se os ha olvidado y con la que queríais abrigarlo al salir. Es mejor que pase frío unos segundos que permitir que resbale y quede boca abajo, con el consiguiente riesgo de ahogarse, ¿verdad? Pues recordad estas palabras cuando tengáis la tentación, que la tendréis. Volveremos a este asunto, porque casi todos los padres se llevan algún susto en la bañera. Evitadlo con prevención.

El chupete se suele recomendar a partir del mes de vida porque parece que protege del síndrome de muerte súbita del lactante. Por supuesto, siempre homologado, sin piezas sueltas y de un tamaño adecuado para que no se lo puedan tragar. Y en cuanto a la disyuntiva entre látex o silicona, parece que estos últimos son algo mejores porque no se deforman ni absorben olores. No uséis collares para colgárselo del cuello porque se puede asfixiar (aunque sí pinzas homologadas para la ropa), y recordad que hay que dejar de usar el chupete antes de los tres años de edad, si no queréis dejaros un dineral en aparatos de ortodoncia cuando sea mayor.

La calle entraña riesgos, pero el lugar donde acontece el mayor número de accidentes en los dos primeros años es vuestra propia casa. Así que, si queréis evitarlos, cubrid las esquinas de los muebles, tapad enchufes, retirad de su alcance objetos peligrosos y, en general, adaptadla para ese nuevo habitante que dentro de solo unos meses se desplazará solo, lo querrá curiosear todo y no poseerá la más mínima sensación de peligro.

En concreto, cuidad la cocina: debéis evitar, y esto va en serio, que los niños (sobre todo, los pequeños) entren en la cocina, y menos cuando se cocina. Sí, la mayor parte de los accidentes suceden allí, y muchos de ellos están relacionados con quemaduras o con intoxicaciones. Así que tened cuidado en casa. Y ahora, salgamos a la calle... pero no sin antes protegerle del sol.

Medidas de protección solar

No imagináis cómo me sorprende la cantidad de padres a los que no parece preocuparles un pimiento la acción de los rayos ultravioleta del sol sobre la piel de sus hijos. Rayos que no solo queman la piel de los bebés, sino que se acumulan de por vida y terminan resultando cancerígenos con el paso de los años. Hablo de los rayos UVA y UVB, esos que todos absorbemos por el mero hecho de salir a la calle. Y la piel de los niños es más fina que la nuestra, por lo que los absorben más y, por lo tanto, se quema, envejece y se inmunodeprime más que la nuestra. Sobre todo si son de piel clara. Por cierto, ¿habéis oído hablar de los fototipos? Ya me imaginaba.

Los niños con fototipo I (piel blanca, pecosos y con ojos azules) son los de mayor riesgo: siempre se queman y nunca se broncean. Los niños con fototipo III (piel blanca y pelo castaño) son de riesgo moderado: se queman de forma moderada y sí pueden broncearse poco a poco. Los niños con fototipo V (piel marrón y pelo negro) son los de menor riesgo, ya que rara vez se queman. Así que imaginad qué fototipos necesitan más protección frente a los rayos UVA y UVB. Y en qué grupo está vuestro hijo.

De hecho, los lactantes menores de seis meses no se deberían exponer de forma directa al sol (y menos aún en verano) entre las once de la mañana y las cuatro de la tarde. Debéis usar sombrillas y ropas frescas que les cubran casi toda la piel. Pero por favor, sin asfixiarlos en verano a base de ponerles tres bodis y envolverlos en dos mantas, como he llegado a ver en pleno agosto, para que no se resfríen. Eso es maltrato.

En los lactantes mayores podréis añadir un filtro solar en crema con factor de protección mínimo de treinta (y, si es cincuenta, mejor). Y ojo, que pocos padres saben que el factor de protección debe usarse todo el año. ¿O es que solo dejáis de fumar delante del niño durante unos meses al año? Pues esto es lo mismo. Por cierto, los rayos UV también favorecen la aparición de cataratas, los muy simpáticos. Por eso, el uso de gafas de sol es ideal incluso en niños de poco más de un año. Eso sí, jamás utilicéis unas baratas o que no sean homologadas (cosa que veo mucho en consulta), pues el daño puede ser incluso mayor que si no las llevaran.

Por último, algo muy útil y que pocos padres conocen es el índice ultravioleta (IUV). Este índice es una representación de la radiación solar que llega a la superficie de la tierra en un sitio concreto, y es esencial para conocer el riesgo de exposición al sol. La capa de ozono y las nubes hacen que descienda el IUV. Pero la altitud, las horas centrales del día o la reflexión de los rayos del sol en superficies como la nieve o la arena de la playa (que los reflejan hasta en un 80%) lo elevan.

Los IUV bajos son de 1 a 3, los moderados de 4 a 6, los elevados de 7 a 9, y se considera extremo cuando es 10. ¿Cómo conocer el índice de marras? Pues en páginas web o en apps gratuitas de meteorología como Yahoo! Tiempo, en la que podéis indicar la localidad en la que estáis (o incluso la propia app la detecta). Así que haced sitio en vuestro smartphone (os sugiero que borréis ese típico juego que solo os quita tiempo de estar con vuestro hijo) y descargaos una app de meteorología que incluya el índice UV, para saber cómo proteger cada día a vuestro bebé.

Prevención de accidentes

Sé que queréis a vuestro pequeño por encima de todo, como también sé que os vais a despistar en algún momento. Y en ese despiste vuestro hijo se caerá de la cama, se golpeará la cabeza con el pico de una mesa, meterá los dedos en un enchufe, se caerá a una piscina, se beberá un frasco de jarabe o cruzará un semáforo en rojo.

Punto uno: no os agobiéis, esos momentos de infarto forman parte de la convivencia con un pequeño ser que tiende a la autodestrucción.

Punto dos: dado que *sabéis* que va a suceder, poned al menos los medios para que, en primer lugar, suceda lo menos posible; y en segundo lugar, cuando ocurra, que los males sean mínimos o nulos.

Ya sabéis que a estad edad la mayor parte de los accidentes infantiles se producen en la propia casa, así que preparad bien la casa y su habitación antes de que nazca o, al menos, antes de que gatee. Y una vez que nazca, no durmáis con el bebé en vuestra cama. Y cuando crezca, tampoco os separéis demasiado de él, pues apenas necesitan unos segundos para caerse, ahogarse, quemarse, intoxicarse o electrocutarse. Y no dejéis nada potencialmente peligroso (o sea, nada) a su alcance.

El accidente más común de cualquier niño son las caídas. Aunque la mayoría son leves, algunas se complican con un golpe en la cabeza, que siempre debe evaluar un profesional. Y ojo, que no solo los niños que caminan se caen: no os imagináis la cantidad de padres que acuden angustiados porque su hijo se le ha caído de los brazos, de la cuna, del cambiador o al sacarlo de la bañera. Por eso no me cansaré de insistir en que, cuando manipuléis a un niño (y fue lo primero de lo que hablé), debéis sujetarlo con seguridad y centrados en lo que estáis haciendo. No os distraigáis con la tele, el teléfono, la ropita o el hermano que os está pidiendo algo. Y en el baño o en los cambios de ropa, prepararadlo todo de antemano. Una mano libre para coger una toalla supone un riesgo de caída.

Los niños que comienzan a caminar también se caen, y mucho. Aunque la mayoría de estas caídas son nimias, debéis procurar que jueguen en áreas habilitadas para ellos y evitar que se

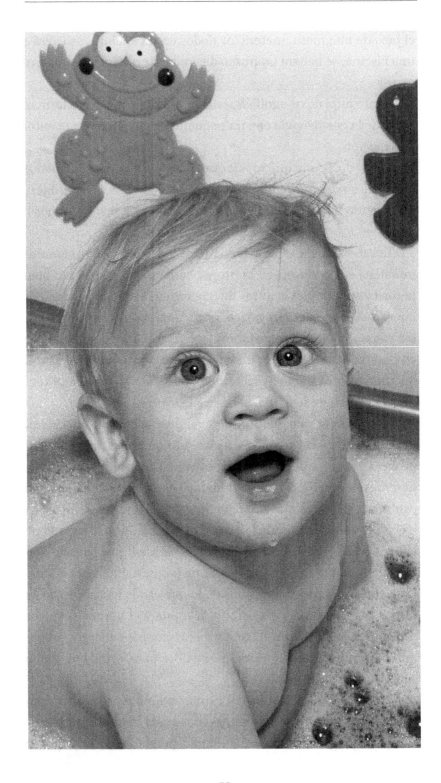

suban a muebles. Ya sabéis (y si no, os lo recuerdo) que a partir de los dieciocho meses ya trepan a sillas, sillones y muebles. Así que mucho cuidado con situarlos cerca de las ventanas. Seguro que tenéis alguno. Pues hala, a moverlo.

Otro de los peligros de esta edad (y bastante común) son las quemaduras. Y es que los niños pequeños son poco compatibles con las cocinas, sobre todo si estáis cocinando y hay fuego en la hornilla, aceite hirviendo en las sartenes, agua bullendo en una olla o el horno está encendido. Por si todo esto os parece poco, recordad que también hay cuchillos, esquinas, objetos punzantes y enchufes que se no se suelen cubrir porque están altos... pero siempre hay quien sube al niño a la encimera. Eso, por no hablar de los productos de limpieza que se guardan bajo el fregadero. No, la cocina no es un sitio donde jugar.

Ojo también con la hora de comer: hablar y tragar a la vez no es bueno. Si podéis, haced un curso de primeros auxilios para saber solventar un atragantamiento. Pero lo mejor siempre es prevenir: que no hablen y que coman despacio, y procurad no distraerles ni regañarles. ¿La tele? Mejor no. Por muchos motivos. Pero entre ellos, que les distrae.

Y cuidado con la hora del baño: un niño de pocos meses, si tiene la mala suerte de resbalar y quedar girado boca abajo, necesita apenas unos centímetros de agua y solo unos segundos para ahogarse. Así que nunca, nunca, nunca (es decir, nunca) dejéis solo a un bebé en el baño. Nunca. Jamás. Ni un minuto. Ese es el tiempo que necesita el cerebro para sufrir secuelas o un daño irreparable. Evitaréis riesgos preparándolo todo antes del baño. Y si se os olvida una toalla, es preferible que un bebé pase unos segundos de frío a que se ahogue por ir a buscarla. Tampoco está de más que aprendan a nadar cuanto antes. Os ahorraréis sustos.

El frío es malo porque se acatarran, sí, pero el calor también, tanto en casa como en la calle, así que ojo con el exceso de ropa (en verano no hace falta abrigarlos como si fueran a la Antártida) y jamás dejéis a unos niños encerrados en un coche. Por su lado, el tabaco debería estar prohibido (ahora hablaremos de esto), y solo los juguetes aptos para su edad son juguetes aptos para su edad. Y no, los móviles no son juguetes aptos para su edad. Ni los bolígrafos. Ni las pulseras. Ni los cuchillos. Ni las trampas para osos. Solo los juguetes aptos para su edad.

En cuanto a las sillas de paseo y del automóvil, no solo deben ser homologadas, sino que además debéis comprar la mejor que podáis pagar. Hay sillas homologadas, pero en las que yo no subiría ni una muñeca de plástico. Y es que, si bien es cierto que ante un golpe fuerte no hay silla que valga, también es verdad que cada euro que invirtáis en ella redundará en manejo y en seguridad. Y que la mejor protección para vuestro hijo consistirá en conducir bien y respetar las normas. Un dato curioso: esto también vale para proteger vuestras vidas. Y eso os debería importar algo.

Prevención del tabaquismo pasivo

Este es un asunto que me pone bastante nervioso. A ver cómo lo digo de forma suave: los padres mentís más que Pinocho. Estoy cansado de que me juren, una y otra vez en la consulta, que no fuman delante de los niños. Casi tan harto como de oler su aliento a tabaco o ver el paquete asomando del bolsillo de los vaqueros de la madre o de la cesta del carrito del bebé. Estoy harto de ver padres que en la misma puerta del centro de salud (sí, donde está prohibido) se encienden un cigarro mientras sus bebés contemplan el gesto. Y estoy harto de ver a padres fumando en las terrazas de los bares mientras hacen aspavientos para tratar (en vano, claro) de alejar la nube de humo de sus hijos, cuando lo único que tratan de alejar son sus (débiles) conciencias.

El humo del tabaco se inhala y llega a los sonrosados y jóvenes pulmones de vuestro retoño, ese al que embadurnáis en crema para que no se le seque la piel, o con el que sufrís cuando tiene fiebre. Pero al que parece que no os importa que sus pulmones se ennegrezcan por el humo, gestando desde ya el riesgo de cáncer. Pero es que, además, los niños cuyos padres fuman tienen mayor riesgo de muerte súbita del lactante. Tosen más, tienen más infecciones respiratorias y mayor riesgo de padecer asma y enfermedades respiratorias de todo tipo. Son más irritables y están más predispuestos a padecer alergias... pero eso sí, luego sus padres los traen a consulta porque tosen mucho. Ya os imagináis que hablaremos de todo esto.

No sigo más porque os presupongo un mínimo de inteligencia. Haced el favor de apagar el cigarro, ese que tenéis encendido ahora mismo, y tirad el resto a la basura. Fin del tabaco. Y si engordáis, os aguantáis y hacéis ejercicio. Haberlo pensado antes. Fumar no es compatible con los niños.

Signos de alerta en los bebés

En las revisiones de niño sano suelo comentarles a los padres algunas cosas desagradables. Sí, es cierto, no es agradable que os hablen de riesgo de muerte por infecciones y cosas así. Pero como ya me han agradecido estas advertencias unas cuantas veces (es decir, que avisar de estas cosas funciona), sé que es bueno que conozcáis algunos de los signos de alerta en lactantes.

En los niños menores de un mes siempre advierto de que la presencia de fiebre, al contrario de lo que muchos padres piensan, es excepcional. Si existe una infección seria, es más probable que el niño presente síntomas como mal color de piel (el gris o el verde son malos colores), mal tono muscular (se nota en que parece flojo, fláccido y no quiere comer) o la presencia de manchas como las famosas petequias, que son lesiones de uno o dos milímetros, de color vino, que no desaparecen al pasar el dedo sobre ellas y que se extienden por el cuerpo con el paso de las horas. Pues bien, ante cualquiera de esos síntomas siempre hay que acudir a un hospital de forma urgente.

Y es que un recién nacido sano y bien alimentado debe tener, a la fuerza, color sonrosado, buen tono y fuerza muscular, y por supuesto una estupenda succión cuando se le pone al pecho. A las pocas semanas de vida sí es posible que el niño manifieste la fiebre pero, ante cualquier cuadro febril en un lactante menor de tres o cuatro meses, siempre debéis acudir a un servicio de urgencias porque el riesgo es mayor a esa edad. Sé que no os gusta leer estas cosas. Pero estos consejos han ayudado ya a unos cuantos padres. Así que aprendedlos bien.

Prevención del síndrome de muerte súbita del lactante

Seguimos con cosas de las que los padres no quieren ni oír hablar, y desde luego la palabra «muerte» es una de ellas. Por suerte, este cuadro, la muerte súbita del lactante, es muy raro. Pero por desgracia existe, y nadie tiene ni la menor idea de por qué se produce. Así pues, si existen una serie de factores que reducen las probabilidades de que suceda os corresponde no solo conocerlos, sino además aprenderlos bien. Aquí van.

Primero: para dormir, siempre debéis colocar a vuestro hijo boca arriba. El colchón de la cuna debe ser homologado y no demasiado blando. Y prohibido usar cojines, almohadas o peluches que le puedan obstruir la nariz y la boca. Y ojito con esto, que todos los usáis porque son muy monos. Como también sabéis ya, el niño no debe dormir en la misma cama que los padres.

Segundo: no fumaréis bajo ningún concepto. Ya sabéis lo que pienso del tabaco y de los padres que fuman. Y de los padres que engañan, diciendo que no fuman. Da igual. Se acabó. El humo del tabaco se asocia a la muerte súbita. Es todo lo que tenéis que saber.

Tercero: parece que el uso del chupete a partir del mes de vida protege, así que usadlo para dormir.

Cuarto: la lactancia materna protege. Comprobado. Por esto insistimos tanto en ella.

Quinto: el exceso de ropa o la temperatura ambiente elevada favorecen la muerte súbita del lactante. Sí, habéis leído bien. La favorecen. Pues incluso sabiéndolo, hay padres que envuelven a su bebé bajo capas y capas de mantas en pleno agosto, como si vivieran en Invernalia. Vosotros veréis.

2. Higiene, ropa y cuidados de la piel

La higiene de un recién nacido en realidad difiere de la nuestra en detalles como que no pueden realizarla ellos solos (un aspecto importante) o que su piel es más fina y por lo tanto más delicada (otro aspecto también importante). Pues bien, si sabéis eso debéis saber también que el baño es conveniente y, de hecho, puede ser a diario y desde el primer día de vida. Para ello debéis usar una bañera segura, de formas redondeadas y (como ya hemos comentado) sin dejar nunca solo al niño. El agua debe estar a unos 35 ºC y el jabón o el gel ser neutros. La esponja, específica para bebés y preferentemente natural. Sí, sé que son más caras, pero también mejores. Después debéis secarlo con una toalla suave y ponerle crema adecuada para su piel, antes de vestirlo. Sencillo, ¿verdad? Pues planificadlo bien, si no queréis sobresaltos.

Una vez secado, toca vestirlo: la ropa debe ser de materiales naturales y poco alergénicos como el algodón (no, esto no es caro) y debéis lavarla con detergentes suaves y sin lejía, que luego os quejáis de que el niño tiene erupciones y no sabéis por qué. Y por favor, no lo abriguéis demasiado, ya habéis aprendido que eso también es malo. Como guía, ponedle una cantidad de ropa similar a la que lleve la madre (digo esto porque suelen ser más frioleras que nosotros). Si la madre siente frío, el bebé también. Pero si la madre siente calor, no tiene sentido que vaya envuelto en mantas. He visto cientos de madres venir con camiseta de tirantes a la consulta y llevar a los hijos con tres capas de ropa y una manta. No, no tiene sentido.

En cuanto a los pañales, recordad que pasan veinticuatro horas al día en contacto con la piel de sus genitales. Así que no escatiméis en el precio, que luego en consulta se ven unas dermatitis que dan miedo, sobre todo en verano. Gran parte de la culpa, sí, habéis acertado, es de los pañales baratos, que al final hacen que os gastéis un dineral en cremas. Por eso también es bueno cambiarlos con frecuencia. Hacedme caso, a nadie le gusta ver el culito de un bebé con ampollas.

También podéis limpiarle las fosas nasales con suero fisiológico para quitarle esos mocos que tanto os agobian. Y no, las perillas no son ideales porque apenas sacan mocos, porque la presión negativa puede provocarle heridas y además son bastante guarras. En cuanto a sus dientes, aunque aún no tenga, debéis pasarle una gasa húmeda por las encías después de las tomas (ya hablaremos de la higiene dental). También debéis limpiarle las orejas con una gasa húmeda (no, bastoncillos no, y mira que hay quien sigue preguntándolo). Y usar una gasa estéril con suero para quitarle las legañas de sus ojos. Las uñas se pueden cortar cada semana, una vez ya fuera del hospital, pero usando tijeras de punta roma y dejándolas rectas, porque si no se producen uñas encarnadas con facilidad (recordad que su piel es muy fina). ¿Y el ombligo?, os preguntaréis. Pues dado que suele generar bastantes dudas, merece un capítulo solo para él.

3. Cuidados del ombligo

Nunca entenderé el miedo que muestran algunos padres a la manipulación del cordón umbilical. Es una estructura sensible, sí, pero más que nada por el riesgo de infección. Y por eso hay que mantener una higiene adecuada, que no exagerada, sobre él.

El cordón suele caerse entre los siete y los catorce días de vida del pequeño, y la verdad es que, cuanto antes, mejor, porque no tiene sentido que perdure mucho. Y para favorecer su caída es mejor mantenerlo bien seco, pues se momifica antes. Por eso podéis limpiarlo con agua y jabón o con una gasa estéril impregnada en alcohol de 70°, tanto en la base como en el extremo. Esto podéis repetirlo un par de veces al día o si se mancha de heces u orina, pero sin obsesionaros ni dejar la gasa húmeda encima del cordón.

Eso, aparte de ser una cochinada, no solo retrasa su caída, sino que paradójicamente puede favorecer las infecciones porque lo mantiene húmedo y se macera. No es raro que los padres me pregunten por qué no se cae el cordón y encontrar una gasa empapada. En cuanto les dices que no la dejen ahí, el cordón se cae enseguida. También es bueno doblar la parte superior del pañal para colocarla bajo el cordón, de forma que este queda más aireado y se evitan rozaduras en la piel. Algunos padres me miran raro cuando hago eso, pero luego me lo agradecen siempre.

Por último, recordad que es normal que el cordón sangre un poco (muy poco) los primeros días y también cuando se cae, después de lo cual a veces el ombligo sobresale algo hacia fuera durante un breve tiempo. Pero si el cordón umbilical huele mal, se inflama o el bebé está irritable o con mal aspecto (recordad esos signos de alerta que os comenté), acudid a un servicio de urgencias. Las infecciones del cordón son raras, pero también peligrosas.

4. Prevención de la fimosis

La llamada fimosis consiste en que la piel del pene que rodea el glande, y que se llama prepucio, es muy estrecha, por lo que esta piel no se puede retraer hacia abajo. Esto es normal en los recién nacidos y no significa que tengamos que operarlos, así que no hay que ponerse a dar tirones. Soltad eso ahora mismo.

Lo que sí se puede hacer para ayudar a que no haya que operarla (sobre los cuatro años) es que, aprovechando la humedad y el jabón del baño, se puede tirar de forma suave de la piel hacia abajo, pero sin forzar nunca (esto tampoco es una carrera). De esta forma no solo se reduce poco a poco la fimosis, sino que además mejoráis su higiene al evitar que se acumulen secreciones y se formen quistes de esos blanquecinos, por los que luego consultáis asustados.

Así que manos a la obra. Insisto, de forma suave y sin dar tirones. Ah, y cuanto antes comencéis y antes acostumbréis al niño a que eso forma parte de su higiene en el baño, menos os protestará luego. Que hacer esto a los dos años no es tan sencillo.

5. Prevención de las deformaciones de la cabeza

Ya habéis aprendido que vuestro bebé va a crecer, incluida su cabeza. Así que imagino que comprenderéis que, para que esto pueda suceder, los huesos del cráneo de vuestro bebé no están soldados cuando nace. Sin embargo, esa falta de unión también permite que, si acostamos al bebé siempre en la misma postura (y si sois aplicados ya sabéis que se recomienda hacerlo boca arriba para prevenir el síndrome de muerte súbita), el resultado es que, debido a la presión del colchón, la cabeza tiende a aplanarse en su parte posterior. Eso genera una asimetría en su cabeza que podréis apreciar mejor si miráis al bebé desde arriba, y que se conoce médicamente como *plagiocefalia postural*. Sí, nos gusta usar términos así porque nos hacen parecer más listos.

Lo cierto es que la mayoría de estas plagiocefalias se resuelven solas, sobre todo a partir de los cuatro o cinco meses, pues el bebé pasa más tiempo sentado, sobre todo en el carrito. Pero también es cierto que podéis ayudarle con maniobras tan sencillas como realizar cambios posturales al dormir o tratando de evitar que se apoye sobre la parte plana. Como esto es más complicado, existen cojines en forma de semicírculo que ayudan, pero pueden resultar caros, y solo deberíais usarlos si de verdad andáis preocupados con ese asunto u os lo indica vuestro pediatra.

Lo importante es que, en caso de aparecer ese aplanamiento, actuéis con los cambios posturales pero antes de los cinco o seis meses, ya que si evoluciona demasiado puede afectar incluso a la forma de la cara. En tal caso, el tratamiento ya sería ortopédico, mediante cascos a medida que ayudan a que se redondee la cabeza. Por eso debéis andar atentos y procurar que no apoye siempre la cabeza del mismo lado. Y ante la duda, consultad.

6. Caderas, piernas, pies y hasta calzado

Los pediatras siempre exploramos las caderas de los lactantes. Tanto, que a veces hasta nosotros mismos nos obsesionamos porque vemos riesgo de luxaciones en niños que solo tienen un poco de inestabilidad al nacimiento que suele ser normal y tiende a corregirse en unas pocas semanas. Pero el temor a no saltarnos nada hace que pidamos una ecografía a las primeras de cambio si notamos algo inestable (que la mayoría de las veces es normal). Y sí, en la mayoría de los casos no hay nada. Así que no os alarméis si en la primera revisión se la piden a vuestro bebé.

Los recién nacidos suelen tener las piernas flexionadas. Las separan a medida que crecen, pero veréis que las siguen teniendo arqueadas, incluso cuando comienzan a caminar. Esto se llama *genu varo* y es normal hasta los dos años, como lo es el hecho de que caminen con los pies girados y las piernas y los brazos abiertos para mejorar su equilibrio. Hablaremos más de esto.

Por su parte, los pies a veces están flexionados al nacer por la postura en el útero, pero si se mueven bien no suele suponer un problema. También suelen tener una almohadilla grasa en la planta que va desapareciendo a medida que crecen, por lo que el arco plantar comienza a formarse a partir de los doce meses y no empieza a ser visible hasta los tres años. Así que no os preocupéis porque tienen los pies planos antes de esa edad... porque todos los tienen y por lo tanto es normal. Todo eso se mira en las revisiones de niño sano. Así que ya sabéis, acudid a ellas.

Por último, la misión del calzado es proteger el pie y no comprimirlo hasta el punto de la gangrena por empeñarnos en usar unos zapatos monísimos pero que se han quedado pequeños. Un buen calzado es aquel que está homologado y se ha comprado en una tienda «de verdad». Debe dejar libre el tobillo, sobre todo cuando el niño ya anda. Los materiales deben ser naturales, flexibles y blandos, la puntera redondeada y han de usarse siempre con calcetines. Ah, y por favor: compradle de su talla, no varias más grande, pensando en que va a crecer. Claro que va a crecer, pero debe usar zapatos de su talla, es decir, que dejen un centímetro entre los dedos y la punta, y no zapatos de adulto. Que, además, no son tan monos.

7. Cuidando a vuestro bebé: guarderías y abuelos

A ver cómo os digo esto: vuestro bebé es vuestro, y no de los demás. Así que es obligación vuestra cuidarlo, alimentarlo, llevarlo al médico y... vamos, todo. Y aunque no tiene nada de malo que en un momento dado recurráis a terceros para poder cumplir con vuestra obligación, no es plan de abusar. Hacedme caso, no imagináis la cantidad de abuelos agotados, frustrados o superados por los niños que veo en consulta. Es más, hay niños a los que, después de años de seguimiento, todavía no he visto con sus padres, a quienes no conozco. Llama la atención, ¿verdad? Pues meditad un segundo, si sois de esos padres que no van nunca al pediatra.

Y es que para dejar niños a cargo de los abuelos, estos no solo deben ser relativamente jóvenes y estar en disposición de cuidarlos o de correr tras ellos. También deben compartir con vosotros el punto de vista educativo, las normas o cosas tan básicas como la rutina y los horarios del lactante, que ya hemos visto que son esenciales. Otro inconveniente de los niños que se crían con los abuelos es que por lo general están menos socializados y por lo tanto les cuesta más relacionarse con otros niños o incluso hablar (como ya vimos en su momento) porque no lo necesitan, dado que los adultos ya se esfuerzan en comprenderles.

Las guarderías son centros educativos donde cuidan del desarrollo integral del bebé. Lo estimulan y socializan, y eso es bueno, pero también poseen inconvenientes. El más obvio es que cuestan dinero (y no poco) y que la educación apenas tiene efecto antes del año de vida. Pero el peor inconveniente reside en las mil y una infecciones que vuestro hijo cogerá al estar en contacto con otros niños. Tantas, que hay quien habla incluso del llamado «síndrome de la guardería». Estas infecciones suelen ser leves y limitadas en el tiempo, y se pueden reducir con una correcta vacunación, mucha higiene (sobre todo, lavado de mano) y acortando el tiempo de guardería si es necesario. Pero van a suceder, así que mentalizaros.

Hay textos que recomiendan retrasar el inicio de la guardería hasta los doce meses para que la repercusión de estas infecciones sea menor y porque a partir de esa edad es cuando más beneficio no solo le va a sacar a las enseñanzas y la estimulación del centro, sino que más se va a relacionar con otros niños. Ah, y si vuestro hijo está «comenzando» a ponerse enfermo (y sed sinceros, nadie mejor que vosotros para saberlo), no seáis egoístas y no lo llevéis, para que así no contagie al resto. Sé que es complicado quedarse con el niño, pero si todos los padres actuaran de esa forma, habría muchos menos contagios a lo largo del invierno.

8. ¿Cómo se educa a un bebé en sus dos primeros años?

Consejos generales

La educación de un niño engloba tantas cosas que resulta imposible abarcarla en una consulta médica. Sin embargo, sí existen una serie de consejos médicos basados en el conocimiento científico que os pueden ayudar. Que hagáis caso de ellos, ya es cosa vuestra, pues cada niño y cada familia es diferente, y, al final, el modelo educativo dependerá de vuestros actos y decisiones. Y ojo que digo actos y no palabras, porque se enseña a través de lo que hacéis, no lo que decís. Hablaremos más de esto.

En los niños menores de seis meses habéis aprendido que es importante (y mucho) mantener una rutina de horarios, flexibles pero estables, pues eso le aporta tranquilidad y por lo tanto comen y duermen mejor. Así que no os quejéis si, después de alterarlos por el motivo que sea (amigos, fin de semana en casa rural o la final de la *Champions*) vuestro bebé se muestra irritable y no quiere comer ni dormir. Rutina, rutina y rutina. Les gusta.

A partir de los seis meses es importante recordar (una vez más) que vosotros escogeréis cuándo y cómo se come, pero el niño escogerá la cantidad. Cuando son pequeños comerán bastante, pero este hábito decaerá luego. No desesperéis. Y cuando juguéis con él, entre sus juguetes debe haber libros con dibujos, pues ya sabéis que eso le ayudará a formar su lenguaje verbal, aunque aún no diga nada. También es bueno que a ratos jueguen solos, pues deben aprender a ser independientes.

A los seis meses comienza también la ansiedad de separación, en la que el bebé sufre si no ve a la madre. Y debido en parte a eso, también es una época complicada para el sueño. Para superarla son buenos la rutina de horarios y usar «objetos de transición», como mantas o peluches que le sirven de transición entre los padres y el sueño, de forma que el bebé se consuela si se despierta y ve el objeto a su lado. Tranquilos, hablaremos del sueño en los siguientes capítulos.

A partir de los dieciocho meses aparecen las rabietas. Y sé que dan mucho apuro, que angustian y que lo pasáis mal. Pero eso es lo que buscan, así que no les hagáis caso. A ellos tampoco les gusta ponerse así, por lo que debéis esperar a que calme y entonces prestarle vuestra atención. Les ayudará mucho saber que las rabietas no llaman vuestra atención. Pero que os hable, sí.

Tampoco tengáis miedo a imponerles normas. El autoritarismo y los castigos físicos no tienen sentido, pero la permisividad excesiva tampoco. Lo siento, pero debéis imponer unas normas. Eso sí, pocas, razonables, coherentes, comprensibles para su edad y que no cambien continuamente. ¿Por qué? Pues porque a los niños les encanta cumplir normas. Sí, va en serio: le proporcionan una guía de comportamiento, así que se sienten seguros porque saben lo que tienen que hacer, y además les gusta que les alabéis su buen comportamiento cuando las cumplen.

Hacedme caso, los niños que crecen con límites sensatos para su comportamiento, de mayores sabrán manejar mejor las frustraciones y tendrán en cuenta los deseos y los sentimientos de los demás. Pero para que eso suceda es fundamental que los padres no se desautoricen entre ellos o, peor aún, deleguen la autoridad en el otro. Los niños no son tontos, y siempre buscarán al cuidador más débil para saltarse las normas. Si ambos os comportáis igual, no encontrará fisuras. Y creedme, será más feliz así.

Recordad que debéis tener mucho cuidado con la televisión y las pantallas. La Academia Estadounidense de Pediatría recomienda evitarlas antes de los dos años porque la televisión favorece un modelo de aprendizaje pasivo y reemplaza a la familia como modelo, usando además mundos coloridos y más atractivos que la vida real. Los niños hacen cosas porque las ven en la tele, cuando deberían hacerlas porque las ven en vosotros. No seáis vagos. Y hablando de vagos, la tele también favorece el sedentarismo y la obesidad. Así que usadla con sentido común.

Dedicadles ese tiempo que os enseñé que se llamaba «de calidad»: es decir, que juguéis con ellos. Esos emails, esos *whatsapps* o esa llamada de trabajo pueden esperar, pero vuestro bebé no. Cada minuto que pasa lo hace para no regresar jamás. Y recordad que vosotros (y no la tele, sus abuelos o sus tíos) sois sus modelos. Quizá sea una buena oportunidad para cambiar todo aquello que no hacéis bien, como fumar, comer mal o no practicar deporte. Haréis que vuestro bebé aprenda a ser mejor. Y eso sí os hará grandes padres.

Enseñándole a dormir

El sueño durante los dos primeros años de vida

Los padres asumen sin problema que un recién nacido no hable ni sea capaz de bailar una sevillana nada más nacer. Ni siquiera en sus primeros meses de vida. Sin embargo, pocos entienden que su sueño necesite una maduración que, sin embargo, sí dan por buena para cosas como hablar o andar. Pues bien, a dormir también se aprende. Y lo primero que tenéis que aprender (sí, vosotros) es cómo evoluciona el sueño de vuestro hijo.

Nada más nacer no os alarméis porque duerma casi veinte horas al día, despertándose solo para alimentarse. Al alcanzar el primer mes dormirá unas dieciséis, y hacia los tres meses concentrará unas nueve horas de sueño en la noche, pero aún no hagáis palmas, ya que todavía no serán seguidas. El resto lo repartirá en unas dos o tres siestas diurnas que poco a poco irán siendo más breves. Y entre los cuatro y los seis meses será un buen momento para que duerma en su habitación, antes de que comience esa ansiedad de separación de la que tanto sabéis. A los seis meses hará unas dos siestas diurnas y dormirá hasta ocho horas seguidas (sí, seguidas) durante la noche.

Alrededor del año duermen dos siestas y, hacia los dos años, una y más corta. En total, necesitan doce horas de sueño al día.

Como habéis visto, y aunque os hayáis tenido que frotar los ojos para leerlo de nuevo, alrededor de los seis meses vuestro bebé debería dormir toda la noche (ocho horas seguidas), aunque con algunos despertares que ya os anticipo son completamente normales y que se pueden prolongar hasta el año de vida. Y no deben suponer problema. Sí, de nuevo habéis leído bien: no deben suponer problema. ¿No es vuestro caso? No os agobiéis, en la mayoría de los niños (por no decir casi todos), es cuestión de malos hábitos. Vamos a analizar qué es lo que falla y a aprender cómo remediarlo. Sí, de nuevo habéis leído bien.

Hábitos adecuados de sueño

Si bien en los primeros meses no se puede forzar el ritmo de vigilia y de sueño, ya habéis aprendido que sí podéis establecer una serie de horarios y rutinas, y estos (aunque os parezca mentira) ayudarán al bebé a distinguir, poco a poco, el día de la noche. Por ejemplo, algo que pocos padres hacen es usar las tomas para enseñarle: cuando se le dé el pecho de día, es bueno que haya luz y movimiento alrededor del niño. Pero si se lo dais durante la noche, procurad que haya poca luz (para eso vienen fenomenal las luces indirectas, esas de pared) y que las tomas sean breves, silenciosas y monótonas. Vamos, casi aburridas. Eso le ayudará a conciliar el sueño con facilidad, de forma que asociará la noche con el descansar y el día con la actividad. Y os aseguro que esto ya supone un primer (e importante) paso.

A partir de los tres meses debéis acostumbrarle a que se duerma solo, es decir, a dejarlo en la cuna y con sueño, finalizada la toma, pero saliendo de su habitación antes de que se duerma del todo, cerca de algún «objeto de transición». Así, si se despierta no reclamará vuestra presencia, pues ese objeto le servirá para tranquilizarse y volver a dormirse. Eso sí, se despertará para tomar, pero ya sabéis cómo darle la toma nocturna.

Antes de los seis meses debería dormir en su cuarto porque, si lo intentáis después, es posible que aparezca esa «ansiedad de separación» que ya conocéis, por el temor de no ver a su madre. Y esta puede durar hasta el año y medio de vida, por lo que muchos padres refieren que no logran que su hijo duerma solo hasta esa edad. Así que cuidado con esto.

A partir de los seis meses acontece algo clave, (casi milagroso, pensaréis): el bebé puede dormir toda la noche sin necesidad de ser alimentado. Sí, habéis leído bien. Y este es otro de los errores garrafales de muchos padres. Salvo que vuestro pediatra os lo indique, no debéis alimentarlo de noche, ya que si lo hacéis, lo reclamará cada vez que se despierte. Y ojo, porque será normal que se despierte, pero si ha aprendido a dormirse solo o con solo ver que el objeto de transición está ahí, lo hará sin llamaros. Y creedme: es así, y así sucede. Pero requiere de un aprendizaje previo (es decir, una rutina) que muchos padres se saltan y luego quieren solucionar en dos semanas. Y no, no se puede. Y como desde luego no se soluciona es dándole el pecho para que se duerma. Porque entonces vosotros mismos os habréis creado la trampa.

A partir del año, también debéis actuar con sentido común antes de acostarlos: no deben comer justo antes, ni ver televisión ni hacer ejercicio ni nada que les estimule o active. Deben pasear y jugar, sí, pero por la tarde. Y es que a esta edad, más os vale que hayan aprendido que la noche es el momento de dormir y no el de comer o jugar, y esto os compete enseñarlo solo a vosotros. Por cierto, podrán pasar a la cama hacia los dos años. Eso sí, con barandilla, si no queréis que vuelen. Con todo esto (y si habéis sido firmes), lo normal es que hayan adquirido unos hábitos adecuados de sueño. Pero la perfección no existe. Y los niños perfectos, tampoco. Así que ¿qué podéis hacer si surgen problemas? De momento, pasar la página.

Superando los problemas relacionados con el sueño

El hecho de que un bebé se despierte reclamando alimento por las noches durante los primeros cuatro meses no es un problema: es normal. Pero si hacéis que las tomas nocturnas sean breves, silenciosas y monótonas, poco a poco irá aprendiendo que la noche está hecha para dormir. Y a los seis meses dormirá «como un bebé», porque a esa edad (y salvo que os lo indique vuestro pediatra) ya no necesitará alimentarse por la noche.

Sin embargo, entre los seis meses y el año y medio de vida muchos niños tienen despertares nocturnos frecuentes o presentan rechazo a dormirse solos. Esto se debe a ese enorme apego que tienen hacia sus padres. Algo bonito, por un lado, pero que termina sacándoos de vuestras casillas porque no lográis pegar ojo. Pues bien, estos despertares se solucionan mediante esa rutina en la que tanto insisto y que puede consistir (por ejemplo) en baño, cena y cuento, tras el que se le dejará solo en la cuna, con ese famoso objeto de transición, como un peluche o una mantita, con el que se habrá de dormir solo.

Tenéis que hacer eso, y cuanto antes. Si os empeñáis en hacerlo de otra forma, como usar el pecho para dormirle, os estaréis tendiendo una trampa terrible a vosotros mismos y terminaréis, ojerosos, pidiendo milagros en la consulta. Los padres permisivos o con horarios o rutinas cambiantes confunden a sus hijos, que no saben cuándo deben o no dormir. Y si a eso se les une la ansiedad de separación, terminan con niños de un año que siguen sin dejarles pegar ojo por la noche. No sabéis la cantidad de padres que llegan a esta edad desesperados. Y ahora coge a un niño de un año e incúlcale, en dos semanas, todo lo que debería haber aprendido en las cincuenta y dos anteriores. Misión casi imposible. Por eso hay que empezar desde pequeños.

Vale, hacéis la rutina y habéis pasado ya los seis meses. Pero continúan los despertares nocturnos (y es normal, pues no van a desaparecer en dos días). Si el niño llora desesperado, podéis aliviarle el llanto o la ansiedad (recordad, no pasa nada por tomarlos en brazos), pero durante poco tiempo, sin encender la luz y saliendo de su cuarto antes de que se quede dormido del todo (y esto es clave). Y por supuesto, descartar causas de llanto como el pañal sucio o que le están saliendo los dientes y siente pinchazos. Ahí puede ayudar un poco de ibuprofeno en jarabe (consultando antes, claro). Pero lo que jamás debéis hacer es darle de comer de noche si ya son mayores de seis meses, porque esos despertares en teoría no se deberán al hambre (salvo que lo hayáis acostumbrado, claro). Si le dais de comer, claro que se relajará, pero cuando se despierte de nuevo (y lo hará) os pedirá comida de nuevo. Una y otra vez. Uno y otro día. Durante meses. Y durante años, si le dejáis. ¿De verdad queréis eso?

A partir del año también debéis evitar las siestas diurnas prolongadas. Sí, sé que se cansan. Y que están muy monos cuando duermen, sobre todo si es fin de semana y lo hacen a vuestro lado. Pero luego no os quejéis si no pegáis ojo. O peor aún, si el niño ve trastocados sus horarios y luego no duerme. Repetid, como si fuera un mantra: rutina, rutina, rutina... ¿a que os da sueño? Pues a él también.

Dudas habituales en los lactantes

1. Su piel y las erupciones

Ictericia o piel amarilla del recién nacido

Durante los primeros días de vida, la piel de casi la mitad de los recién nacidos (que se dice pronto) puede adquirir un tono amarillento que en términos médicos se conoce como *ictericia*, y que tiene su causa en el aumento en sangre de una sustancia de color amarillento, la *bilirrubina* (tomad doble ración de palabras), que se libera porque se destruyen células de la sangre que tienen que destruirse y porque el hígado de vuestro bebé es aún inmaduro y tarda en asimilar esa bilirrubina. Suele comenzar el segundo o el tercer día de vida y no suele prolongarse más allá de diez o doce.

Existe otro tipo de ictericia, pero relacionada con la lactancia materna, que suele aparecer sobre el cuarto o quinto día de vida y puede prolongarse unos diez o quince días, aunque a veces dura unos pocos meses. Y otra que se produce porque los niños están algo secos y tardan en eliminar el meconio (esas primeras heces que muchos padres llaman «la pez»). Por eso insisto tanto en que no se debe abrigar demasiado a los niños y en que, a veces, los recién nacidos pueden necesitar un aporte adicional de agua.

Lo que no es normal es que la ictericia aparezca en las primeras veinticuatro horas de vida, que se prolongue demasiado o alcance niveles elevados. Podéis sospechar esto cuando el color amarillento alcanza las palmas de las manos y de los pies del bebé, o cuando el amarillo de la piel se torna «feo», es decir, verdoso o gris, en lugar de amarillo sonrosado. En esos casos, acudid sin demora al pediatra. Y mucho más si el niño está flojo o no quiere comer, esos signos de alerta que os expliqué al hablar de su entorno y su seguridad.

En cualquier caso, si aparece ictericia, siempre debe valorarla vuestro pediatra. En función de su extensión y de otros factores, como una posible prematuridad, es posible que pida alguna analítica. Y en cuanto al tratamiento, no está del todo claro que el agua o la luz del sol (que ya sabéis que puede ser negativa para la piel de vuestro bebé) sean en verdad de ayuda. Así que antes de hacer nada por vuestra cuenta... Sí, habéis acertado: consultad.

La piel del recién nacido

La piel de un recién nacido es muy fina, por lo que está expuesta a agentes externos como el frío, el calor, sustancias que flotan en el aire como el humo (incluido el del tabaco), la luz del sol e incluso virus, bacterias y ácaros. Así pues, ¿no es normal que reaccione a medida que va entrando en contacto con todo eso? Por eso os digo que no os agobiéis con las erupciones de los bebés porque os vais a hartar de verlas. Eso sí, podéis conocerla mejor para saber cuándo la reacción es adecuada o no.

La piel de vuestro bebé pueda aparecer enrojecida los primeros días de vida, luego pasará a sonrosada y, a partir del segundo o tercer día puede teñirse de amarillo, como ya habéis aprendido. Si el niño nota frío, notaréis que se pone pálido y con zonas parcheadas azuladas. Es lo que se llama *cutis marmorata* (piel de mármol) y se produce por inmadurez de los vasos sanguíneos de la piel. En cuanto lo abrigáis o la piel se adapta al cambio de temperatura, la *cutis marmorata* debe desaparecer. Si no es así, o si el bebé está flojo, come mal o cualquier cosa que no os guste, al pediatra.

En ocasiones tienen una pequeña mancha azulada en la parte inferior de la espalda, cerca del culete. Se llama «mancha mongólica», porque es frecuente en la raza mongol. Y no, no tiene nada que ver con el síndrome de Down y suelen ir aclarándose hasta desaparecer, antes de los doce meses de vida. También pueden presentar algunas grietas, pequeñas ampollas de succión porque se chupan los brazos y las piernas dentro del útero, un vello suave y fino por todo el cuerpo que se llama «lanugo», e incluso pequeñas manchas rojizas en la frente o en la nuca, que muchas abuelas llaman «el beso del ángel» o «el picotazo de la cigüeña» (me encanta que las abuelas le pongan nombre a todo). Por lo general son capilares dilatados que suelen desaparecer en semanas o, como mucho, en meses. Pero si tenéis dudas, ya sabéis: consultad.

Erupciones normales de las primeras semanas

La piel es un órgano vivo que, como cualquier otro, debe madurar y adaptarse a su entorno, y por eso aparecen tantas erupciones en los primeros meses de vida. Muchas de las ellas se consideran incluso normales. Pero a veces, admitámoslo, incluso a los pediatras nos cuesta distinguir las que son «normales», sobre todo al inicio, porque es imposible saber por dónde te van a salir muchas de ellas. Por eso, ante cualquier cambio en su piel, sobre todo si es algo nuevo o que no controláis, consultad.

Por suerte, algunas de estas erupciones son tan comunes que se consideran variantes de la normalidad. Por ejemplo, más de la mitad de los recién nacidos presentan, en los primeros días de vida, pequeñas manchitas rojizas con un pequeño punto blanco en medio que les cubren el cuerpo y la cara. Es un fenómeno de adaptación de la piel al medio externo que se llama *eritema tóxico del recién nacido*. Que ni es tóxico ni es nada. Las abuelas los llaman «engordaderas». Esto ya os suena más, ¿verdad? Pues bien, por definición es benigno y desaparece en unos días.

Otra erupción frecuente es la *dermatitis seborreica* o, como le llaman las abuelas, la «costra láctea». Consiste en la presencia en la cabeza de unas escamas (o costra) de color blanco o amarillo. No suelen necesitar tratamiento, pero muchos padres optan por usar champús específicos, muy grasos, que ayudan a que se desprenda con mayor facilidad. Y solo en algunos casos, graves y extensos, requieren el uso de pomadas de corticoides. Pero eso es raro.

Aparte, vuestro bebé puede presentar enrojecimientos por el mero contacto de su piel con el aire, la ropa, los pañales o productos como determinados jabones o el agua caliente, que poco a poco iréis identificando. Pero recordad que no todas las erupciones cutáneas son tan normales. Algunas dan más trabajo que estas. Vamos a verlas.

Erupciones no tan normales de las primeras semanas

De las erupciones que ya no consideramos tan normales, dos de ellas se llevan la palma, tanto en frecuencia como en quebraderos de cabeza: la dermatitis atópica y la dermatitis del pañal.

La **dematitis atópica** se produce por una reacción exagerada de la piel ante un estímulo externo en teoría inocuo, como componentes de la ropa, jabones o incluso (alucinad con esto) el frío o el calor. Se ve hasta en el 60% de los lactantes (alucinad

aún más), y en demasiadas ocasiones no se sabe qué la desencadena, para desesperación de todo el mundo. Además suele picar
mucho, por lo que el niño (si es algo más grande) se rasca, y se
hace heridas que encima tienen riesgo de infección. Y si no puede rascarse, como sucede en los lactantes pequeños, pues llora
o se muestra inquieto e irritable. Y los padres os desesperáis.
Con motivos.

Para intentar evitarla suele ayudar usar jabones y cremas
hidratantes (*muy* hidratantes), ropa de algodón o lino (vamos,
sin tejidos sintéticos) y evitar el exceso de frío y de calor, ya
que el sudor también la puede desencadenar. En los brotes
agudos, el pediatra puede pautar cremas con corticoides. Pero
ojito con ellas, pues pueden atrofiar la piel y además no se recomiendan en la cara. La buena noticia es que suele mejorar
y desaparecer con el tiempo, la mayoría incluso antes del año
de edad. Sin embargo, algunos casos son bastante pesados.
Paciencia.

La **dermatitis del pañal**, por su parte, es la consecuencia lógica de tener una zona delicada, como es el culete, cubierta veinticuatro horas al día y encima húmeda por la orina y las heces.
Estas dermatitis pueden llegar a complicarse tanto, sobre todo
en verano, que he llegado a ver lesiones que parecían quemaduras, hasta con ampollas.

Para que eso no le suceda a vuestro bebé, debéis usar marcas
buenas de pañales (pensad en la de horas que pasan en contacto
con su piel), cambiárselos con frecuencia y usar cremas, sí, pero
suaves y en poca cantidad. También ayuda mucho (pero muchísimo) dejar el culete al aire todo el tiempo posible. Sí, es un poco
cochino. Pero en verano ayuda. Creedme.

Vuestro bebé puede presentar cientos de exantemas diferentes, alérgicos, reactivos, de contacto, o incluso relacionados con
virus, sobre todo si va a la guardería. Por eso es bueno vacunarles
(ya hablaremos de esto) y consultar a vuestro pediatra siempre
que tengáis dudas.

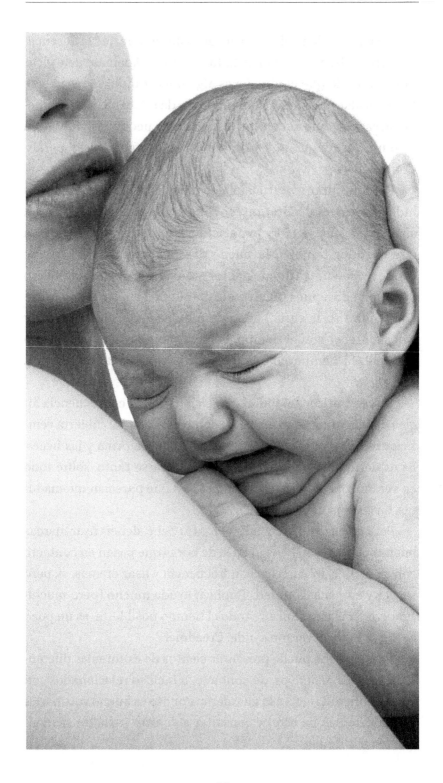

2. Lagrimeo y conjuntivitis

Aunque ya en el mismo paritorio suelen aplicarse medidas de prevención de las conjuntivitis, estas son muy frecuentes en los primeros meses, ya que vuestro bebé se frotará los ojos con las manos, las sábanas o con cualquier otra cosa. Y eso es inevitable. Por eso, si notáis que los ojitos de vuestro pequeño están enrojecidos, lagrimean mucho o incluso presentan secreción de aspecto feo (y no hablo de las legañas normales, que esas las tienen todos, sino de secreciones amarillentas o verdosas), no dudéis en consultar.

En realidad, la mayoría de las conjuntivitis son virales y se curan solas, pero si tienen secreción verdosa (vamos, el pus de toda la vida) sí que hay que poner antibiótico en colirio. Eso sí, antes de poner el colirio debéis lavarle los ojos con suero y quitarle el pus con gasas estériles. Y por favor, recordad luego lavaros las manos, así evitaréis contagiaros. Y aunque es raro que una conjuntivitis se complique, y menos con tratamiento adecuado, si el bebé llora mucho o el ojo parece inflamarse, debéis acudir a urgencias.

En otras ocasiones lo que sucede es que vuestro pequeño lagrimea de forma casi continua en uno o en ambos ojos, sobre todo a partir de las dos o tres semanas de vida. Y en ocasiones, además presenta conjuntivitis de repetición. Se debe a que, cuando nacen, algunos niños tienen una obstrucción (total o parcial) del conducto lagrimal, que está en el canto interno del ojo, pegado a la nariz. Eso hace que las lágrimas no circulen bien, por lo que se acumulan secreciones en el ojo y sí, habéis acertado, esas secreciones son como el agua estancada: se llenan de gérmenes y se infectan.

Por suerte, la mayoría de las obstrucciones del conducto lagrimal se suelen resolver o bien solas o bien con masajes suaves que os enseñarán a hacer vuestro pediatra o el oftalmólogo, en caso de existir este cuadro. Es verdad que en algunos casos es necesaria una cirugía, pero es una intervención sencilla que se realiza con una sonda muy fina.

Así que ya sabéis: las conjuntivitis son frecuentes, aunque la mayoría se resuelven con facilidad. Pero si se repiten o el niño lagrimea de forma continua, es posible que haya que descartar una obstrucción del lagrimal.

3. Gases y cólicos

Por fin llegamos a uno de esos temas que tanto agobia y en el que, aún no existiendo los milagros, vais a aprender que podéis hacer mucho más de lo que creéis. Los cólicos son esos episodios de llanto, en apariencia inconsolables —digo «en apariencia» porque al final se calman, y eso lo diferencia de cuadros potencialmente más serios— que se presentan nada menos que en el 40% de los bebés y que tanto desesperan a los padres durante los primeros meses de vida. ¿Queréis más buenas noticias? Pues pueden durar más de tres horas al día, durante al menos tres semanas. Y cuando suceden por la noche —y sí, suceden *más* por la noche— vuelven locos a cualquiera. Aunque hay muchas causas que pueden producirlos, lo habitual es que se desencadenen por la presencia de gases en el abdomen de vuestro hijo. Por eso, en las revisiones de niño sano siempre insisto en una serie de consejos que ayudan a prevenirlos.

Consejos que en realidad están enfocados a que degluta menos gases o que, al menos, los expulse. Lo primero es intentar seguir una rutina en los horarios de las tomas —recordad, rutina—, porque los niños que llegan con hambre a la toma succionan con más fuerza y por lo tanto degluten más aire. A mitad de la toma, si es posible —y muchos lo aprenden— se debe intentar que el niño expulse gases, y otra vez al final de ella. Antes de la siguiente toma también se pueden dar masajes suaves en el abdomen, de varias formas: con el pequeño boca arriba, trazando círculos con la palma de vuestra mano alrededor del ombligo; trazando líneas; flexionando sus piernas sobre su abdomen: o bien cogiéndolo boca abajo, con vuestras dos manos sobre el vientre, con las que le daréis el masaje. Lo ideal es probar varias hasta dar con la que más le ayude a expulsar los gases. Sabréis que es la idónea porque es la que más le relaja, y notáis cómo el estómago se va deshinchando.

Aparte, el movimiento —como pasear en el carro— ayuda a fragmentar las burbujas de aire. Por eso lloran menos de día (están sometidos a más movimiento) y más por las noches (están sometidos a menos). Y por eso muchos episodios nocturnos de gases ceden cuando al final decidís acudir, desesperados, a un servicio de urgencias: porque el traqueteo del viaje los calma. También existen unos preparados, en sobres o en gotas, llamados probióticos, que en realidad son flora intestinal. Se suelen dar para la diarrea y el estreñimiento, pero parece que ayudan —y bastante— con los gases y los cólicos. Y si el bebé toma lactancia artificial, existen fórmulas anti cólicos o parcialmente digeridas, que favorecen la digestión y la menor acumulación de gases. Eso sí, suelen ser más caras.

Lo que no suelen funcionar son muchas de las medicaciones o infusiones «antigases», así que cuidado con ellas, nunca las deis sin consultar antes. Si queréis prevenirlos, insisto: incluso antes de que aparezcan, estableced una rutina de horarios, paseos, masajes y ayudar a la expulsión de gases. Incluso aunque no los tengan. No hacen milagros, pero sí que los reducen.

4. La tos

La tos viene a ser algo así como uno de los cuatro jinetes del Apocalipsis de los padres, junto con la fiebre, los mocos y el «no me come nada». De hecho, la tos es uno de los motivos de consulta más frecuentes en pediatría, una de las mayores causas de absentismo escolar y, por consiguiente, de pérdida de días de trabajo por parte de los padres. Pues bien, siento deciros que, en gran parte de los casos, ese absentismo escolar y laboral que no está justificado.

Sé que la tos genera mucha ansiedad, pero desde este mismo momento tenéis que meteros esto en la cabeza: la tos no es una enfermedad en sí, por lo que no siempre hay que tratarla. Es más, la tos es un mecanismo de defensa necesario para vivir y por lo tanto presente en el cien por cien de los niños. Sí, el cien por cien. Sin la tos, moriríamos ahogados en nuestras flemas. Sin la tos, tendríamos cientos de infecciones, incluidas neumonías, solo en el primer año de vida. Así que, aunque a veces la tos denota enfermedad, no siempre es susceptible de ser eliminada.

La tos, de hecho, es un mecanismo reflejo que está presente solo en el 25% de los recién nacidos y, por suerte (fijaos en lo que digo), en el 90% de los niños con un mes de vida. Y permite que cuando la garganta se irrite, el niño tosa para expulsar el irritante. Útil, ¿verdad? Pues bien, ese agente irritante puede ser moco (lo veremos a continuación), virus, bacterias, humo del tabaco (tomad nota de esto) o de vehículos, e incluso olores fuertes.

Así que a veces, esa tos que tanto os preocupa se genera o bien porque los padres fuman (y recordad: encima mienten diciendo que no lo hacen) o bien porque friegan el suelo con lejía. ¿A que no habíais pensado en ello? Y sí, claro que la tos puede ser síntoma de una enfermedad severa. Pero por pura estadística, en la mayoría de los casos se produce por irritaciones ambientales, como una simple bajada de temperatura ambiental.

Entonces, ¿por qué tanta alarma con la tos? Pues porque en los lactantes la causa más frecuente de tos son las infecciones. Sin embargo, y aunque puede haber cuadros más severos (como bronquitis, neumonías o laringitis), por suerte la mayoría de estas infecciones son leves, de garganta o de nariz, y producidas por virus. Es decir, los catarros de toda la vida. Luego la tos puede, en efecto, ser un síntoma de algo serio pero, por suerte, en la mayoría de los casos se deberá a catarros y a irritantes como el frío o los mismos mocos. Todos, como veis, típicos del invierno. Y por eso en invierno los niños tosen más.

Existen muchos fármacos antitusígenos, aunque en realidad la mayoría no hacen nada. ¿Por qué? Porque la tos no se puede quitar, ¿acaso no recordáis que es un mecanismo de defensa? De hecho, no se debe eliminar porque en la mayoría de los casos es buena. Y no, en lactantes no se deben dar miel, hierbas, infusiones ni cosas raras. Y mucho menos, si no son de farmacia.

¿Y qué podéis hacer, entonces? Pues suavizar un poco esa tos, eliminando o reduciendo las causas que la producen, eliminando el frío o los irritantes como (ejem) el mero olor a tabaco. Procurad que el niño beba muchos líquidos, realizad lavados nasales con suero y, en algunos casos, con la ayuda de un humidificador ambiental. Y sí, la famosa cebolla abierta en la mesita de noche parece que ayuda algo, porque desprende sustancias balsámicas que suavizan la garganta, lo que disminuye la irritación. Pero no abuséis de ella. Aparte de que la casa huele a cebolla y puede incluso terminar irritando.

Insisto en que la tos, si bien puede ser sinónimo de una enfermedad seria (por eso los pediatras exploramos a *todos* los niños que nos traen por tos), también es necesaria para vivir. De hecho, y como veremos ahora, en ciertas situaciones será bueno que aprendan a toser. Sí, habéis leído bien. Gracias a la tos útil, vuestro bebé podrá manejar otro de esos cuatro jinetes del Apocalipsis: los mocos. Y ahora sí que toca hablar de ellos.

5. Los mocos

Aunque para cualquier padre son otro de los cuatro jinetes del Apocalipsis, en realidad «solo» son una sustancia viscosa que contiene agua, azúcares y proteínas, y cuya misión es defender las vías aéreas de vuestro bebé, a la vez que las mantiene hidratadas. Y, como ya sabéis, esto último es bueno para que no tosan. Y además expulsan células muertas y gérmenes. Así que... Sí, los mocos también son buenos. Y no siempre denotan enfermedad. La vida del lactante es así de dura.

El problema es que los lactantes no saben toser bien, y toser es lo que ayuda a eliminar los mocos excesivos. Recordad que solo el 25% de los recién nacidos tose, y que un 10% de los niños con un mes aún no lo hacen y que los que son mayores lo hacen pero con poca fuerza. Eso genera que los mocos se acumulen y por lo tanto los niños parezcan estar siempre atorados. Y además comen peor, duermen peor, tienen diarrea por mocos, vomitan mocos y todo parece horrible. Y lleno de mocos.

Aparte, el moco que no se elimina mediante la tos sí que puede favorecer (paradójicamente) cuadros como las bronquiolitis, esos cuadros respiratorios tan propios de los lactantes y del invierno, y tan temidos (y con motivos) por los padres. Menudo panorama, estaréis pensando. Y lleváis razón. Pero hay una buena noticia: se puede enseñar a toser a los lactantes. Sí, no pongáis esa cara, es más fácil aprender a toser que a hablar o a andar. Y vuestros pequeños van a aprender esas dos cosas, ¿no? Entonces, ¿por qué no van a aprender algo que es tan útil como andar?

Para que aprendan a toser lo ideal es que les hagáis fisioterapia respiratoria; es decir, darles palmadas suaves (insisto, suaves) en la espalda, de abajo a arriba y con la mano hueca, para favorecer la movilización del moco en los pulmones y que sea más fácil expulsarlo con la tos. Ayudará mucho que el niño beba líquidos, los lavados nasales con suero o la humedad ambiental, ya que la hidratación ayuda a que el moco sea más fluido. Sí, existen jarabes mucolíticos y expectorantes que contribuyen a hacer el moco más fluido, pero son una mera ayuda al mecanismo de la tos, ya que sin ella no son efectivos. Y recordad, hay que consultar antes de utilizarlos.

Por cierto, habréis visto que los lactantes, en muchas ocasiones, vomitan mocos. Esto se debe a que, como no saben sonarse o expulsarlo con la tos (esto lo aprenden alrededor de los tres años), pues los muy cochinos se lo tragan —algunos hasta lo saborean—. Y como el moco es ácido, molesta al estómago, de forma que este al final se revuelve y se contrae, es decir, expulsa el contenido de forma brusca, generando así un vómito cuyo mayor contenido es de moco. Esto es difícil de evitar en lactantes, donde lo único que podéis hacer es insistir con la hidratación. Eso diluye el moco en parte, y hace que el estómago lo tolere un poco mejor.

Lo malo es que, por mucho que hagáis, en algún momento ese moco no será del todo efectivo y vendrán las infecciones. Y con ellas, la fiebre. El tercero de los jinetes del Apocalipsis.

6. La fiebre, ese enemigo tan odiado

La fiebre es otro jinete del Apocalipsis y, de nuevo, otro mecanismo de defensa de nuestro organismo. Sin embargo, aquí es importante saber varias cosas que van a evitar que os pongáis nerviosos antes de tiempo y, sobre todo, que sepáis cómo actuar cuando se presenta, ya que (por suerte o por desgracia) no todo depende de la temperatura en sí. Aquí tenéis una serie de conceptos importantes al respecto.

Primero: 37 °C no es fiebre; llamamos *febrícula* a la temperatura que va de 37,1 °C hasta 38 °C, fiebre *leve* la que va de 38,1 °C a 38,5 °C, *moderada* la que va de 38,5 °C a 39 °C, y *alta* cuando supera los 39 °C.

Segundo: en niños menores de un mes, los aumentos de temperatura se deben a veces a un exceso de ropa. Insisto, a esta edad no regulan bien la temperatura, así que por favor: no seáis brutos, y menos en pleno agosto. Si queréis amortizar las mantitas que os han regalado, os las ponéis de sombrero. Y si el niño de verdad está caliente o tiene color raro, a urgencias.

Tercero: la fiebre se puede producir por procesos banales como la dentición o las vacunaciones. Pero también por procesos

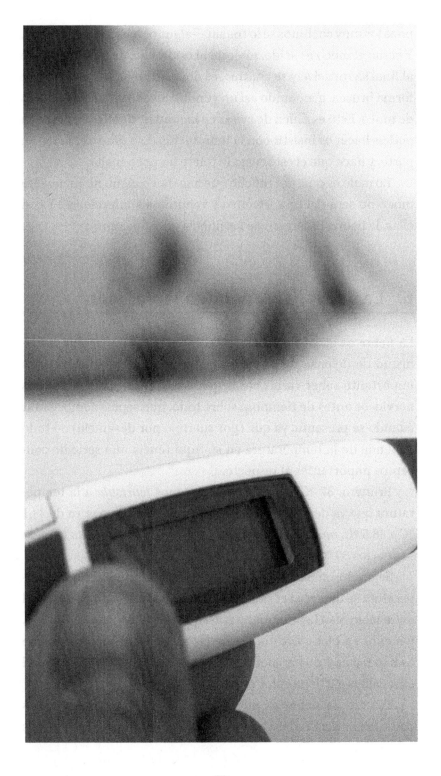

serios como la deshidratación o las infecciones. Por eso, cuando un lactante tiene fiebre, los pediatras solemos ser bastante concienzudos.

Cuarto: la temperatura del lactante se suele medir con termómetros rectales digitales, que se pueden lubricar un poco para no hacerle daño. Si tiene fiebre (y más aún si es menor de tres meses), debéis consultar al pediatra. Pero no os agobiéis con la fiebre, porque ni es una enfermedad en sí, ni tampoco existe una relación demostrada entre fiebre alta y proceso grave. Ahondaremos en este aspecto ahora mismo.

Quinto: si recordáis el capítulo de los signos de alerta en los bebés, los niños menores de un mes pueden no presentar fiebre alguna, aun teniendo infecciones graves. Y ojo, porque esto puede pasarles también a los mayores. Así que la fiebre no es un sinónimo válido de gravedad: un lactante puede tener fiebre alta y estar riendo y jugando (bueno), o bien no tener fiebre y estar con mal color de piel o decaído (muy malo). Por lo tanto, para determinar la gravedad son más importantes su color de piel, su tono muscular y su estado de ánimo. Por eso no tiene sentido obsesionarse con la fiebre en sí, sino que debemos tratar de saber qué es lo que la produce: no es lo mismo una fiebre por dentición que una fiebre por una neumonía. Ante la duda, consultad.

Sexto: la fiebre se suele tratar con antitérmicos como el paracetamol o el ibuprofeno, pero en realidad con eso solo se busca que el niño esté cómodo, pues los antitérmicos no resuelven la causa de la fiebre. Y no, tampoco reducen su hipotética gravedad. En caso de darlos, se recomienda usar un solo antitérmico, respetando las dosis y horarios que os marque vuestro pediatra, y por vía oral siempre que sea posible. Y sí, ya sé que los niños los escupen porque no les gustan, los vomitan o los echan por la nariz. Pero los supositorios se absorben de forma irregular. Y sí, los baños templados (no fríos) ayudan a que vuestro pequeño esté más cómodo.

Séptimo: no debéis olvidar nunca que la fiebre en sí misma no es un problema, y que lo importante es dar con su causa. Por eso, en vez de angustiaros por la fiebre, que no le va a hacer nada a vuestro hijo, invertid esa energía en buscar síntomas que ayuden a vuestro pediatra. Y si apreciáis mal color o mal tono, o el niño está demasiado adormilado, acudid volando a urgencias. Aunque (no) tenga fiebre. Porque esos sí que son signos de gravedad.

7. Vómitos y bocanadas

Cuando hablamos de las bocanadas, esas regurgitaciones normales que se producían tras las tomas en los lactantes pequeños, os señalé que por definición eran flojas, de escaso contenido, no afectaban al crecimiento ni al desarrollo del bebé y desaparecían hacia los diez o doce meses de vida.

Pues bien, los vómitos son algo completamente diferente, pues consisten en la expulsión brusca (primera diferencia) de todo o de gran parte del contenido del estómago (segunda diferencia). Sí que pueden deshidratar (tercera diferencia) y pueden verse a cualquier edad (cuarta diferencia), pero sobre todo en menores de dos años.

Los vómitos son molestos, espectaculares y llamativos. Y encima pueden presentarse de forma muy diversa, así que cuando se produzcan es bueno que os fijéis en detalles como su número, frecuencia, aspecto, si se asocian a otros síntomas como fiebre o diarrea, o si tienen una relación directa con las tomas.

Además de todos estos datos, los vómitos también se enfocan según la edad. En los niños menores de un mes, los vómitos repetidos deben evaluarse sin demora, pues pueden deberse a una obstrucción en el estómago o a una infección (y recordad que a esta edad pueden no tener ni fiebre). En los lactantes mayores, en muchas ocasiones los vómitos se deben a que han tomado demasiado. Pero también pueden deberse a que estén en las fases iniciales de una gastroenteritis o una infección de orina. Sí, los niños vomitan por casi todo, incluso por esto. Por eso nos devanamos los sesos y os freímos a preguntas en la consulta.

Otro cuadro que siempre tenemos en mente son las posibles intolerancias a alimentos. Por eso insistimos en que, cada vez que se introduzca un alimento nuevo, hay que esperar un par de días para saber si le sienta bien. Ahí sois los padres quienes tenéis que ayudarnos a dilucidar si la posible intolerancia es real o no, y a qué alimento puede deberse, con la importancia que eso conlleva.

Por último, debo recordaros que, aunque los vómitos no suelen durar más de doce o veinticuatro horas, el mayor riesgo que comportan es la deshidratación, tanto mayor cuanto más pequeño sea el niño. Un lactante, por mucho que vomite, si está bien hidratado tiene que estar sonrosado, llorar con lágrima y tener la boca húmeda. Por eso, ante cualquier sospecha de deshidratación (como que algo de lo anterior no se cumpla), acudid enseguida a urgencias. Y no, no se pueden dar fármacos para que no vomiten porque son peligrosos. El mejor tratamiento, suero oral comprado en farmacia, administrado poco a poco y, por supuesto, el de la causa de los vómitos, que ya habéis visto que puede variar mucho. Para eso estamos los pediatras.

8. «Mami, me duele la barriga»

El dolor abdominal (conocido mundialmente como «dolor de barriga») es una de las consultas más frecuentes en pediatría; de hecho, supone casi el 5%. Esta cifra no es ninguna broma, pues en la mayoría de las ocasiones en que se produce, los padres ni siquiera consultan porque el dolor cede en poco tiempo. Es un cuadro tan común que lo raro sería encontrar a algún niño que no lo haya padecido unas cuantas veces.

Aunque existen cuadros graves que pueden desencadenar un dolor de abdomen, en la casi totalidad de los casos que se ven en lactantes, el dolor se debe a causas más o menos comunes como los gases y los cólicos del lactante (de los que ya sabéis mucho), las intolerancias alimentarias (así es como se sospechan muchas), el estreñimiento (del que hablaremos a continuación) y, sobre todo y con diferencia, a las llamadas «transgresiones alimentarias». Es decir, el niño que se atiborra de chucherías, de salchichas, de pizza, de gusanitos o de cualquier otra cosa que sabéis que le va a sentar mal, pero que aun así se come a dos manos, con esa carita de ángel.

Por suerte, la mayoría de estos dolores de barriga son leves y pasajeros. Sin embargo, si el dolor es fuerte, prolongado o se acompaña de otros síntomas como fiebre o vómitos, debéis consultar siempre, porque existen cuadros como la estenosis hipertrófica de píloro o la invaginación intestinal que sí son más severos aunque también más raros. Aunque de forma casi excepcional, las apendicitis también pueden verse a esta edad. Si el dolor se repite con cierta frecuencia, también debéis consultar. En muchos casos el motivo será algo tan común como el estreñimiento. Vamos a ver por qué.

9. El estreñimiento (y fisuras anales) en lactantes

No imagináis la de padres que consultan porque, según ellos, su bebé está estreñido. Y digo «según ellos» porque lo que define el **estreñimiento** en realidad es el número de deposiciones, y este varía en función de factores como la edad del niño, su alimentación o su genética. Así, un recién nacido que toma lactancia materna puede hacer ocho deposiciones al día (una después de cada toma), mientras que un lactante que tome fórmula artificial puede hacer solo tres deposiciones a la semana, y ese número también es normal, por mucho que os sorprenda, asuste o escandalice.

Por eso, muchos de los niños que nos traen a consulta en realidad no están estreñidos. Es más, en el 95% de los niños que sí que lo están (los que hacen menos de tres deposiciones a la semana), no existe ninguna causa física que provoque ese estreñimiento. Lo que sí suelen tener (casi todos) es antecedentes de estreñimiento en la familia. Y en casi todos, el antecedente reside en uno de los padres.

Entonces, ¿no hay nada que hacer? En realidad, y aunque de forma limitada, sí que se puede luchar e incluso prevenir en parte el estreñimiento. En los lactantes pequeños es más complicado porque su dieta es poco variable, pero ayuda mucho que tomen pecho y, si las heces son duras, ofrecerles un poco de agua adicional (sí, este es uno de los casos en los que el agua viene de maravilla). También se pueden utilizar preparados como los probióticos, en sobres o en gotas, que ayudan a restaurar la flora intestinal y mejorar así la digestión.

En los lactantes que ya toman más variedad de alimentos, además de aumentar la ingesta de agua (ya que la clave suele residir en ella en la mayoría de los casos) se pueden utilizar los alimentos más ricos en fibra como las frutas, verduras, legumbres y cereales, y restringir la leche. También ayuda (además de prevenir esa obesidad que ya comentamos) el que jueguen y se muevan. Y si usáis fórmulas artificiales, podéis probar con una que sea antiestreñimiento. Suelen llevar las siglas «AE».

A veces, las heces duras producen **fisuras anales** al hacer caca, que incluso pueden sangrar un poco. En tal caso veréis la sangre, escasa pero de color rojo intenso, en las heces. Sé que ver sangre en las heces de vuestro pequeño no es una alegría, pero tampoco os alarméis, porque en la mayoría de los casos esta sangre se debe solo a una fisura, para la que además suele existir tratamiento. Este contribuye a resolver el estreñimiento, porque la fisura duele y los niños aprietan para tratar de retener las heces y evitar el dolor. Es decir, ellos mismos contribuyen al estreñimiento. Y tratar la fisura mejora esto.

Por último, cuidado con los fármacos para combatir el estreñimiento, pues no todos son adecuados para los lactantes y su uso conlleva ciertos riesgos. Los enemas no son una buena idea, como tampoco lo es estimular el culete del niño con un termómetro y menos aún con perejil. Si de verdad andáis preocupados, consultad. Que algunos padres se obsesionan con el culete y las cacas de sus bebés. Y de verdad que eso suele sonar raro.

10. Diarreas

Si habéis tenido suerte y os habéis librado del estreñimiento, de esto sí que no os libráis: de media, cada lactante padece entre dos y cuatro diarreas en sus veinticuatro primeros meses de vida. Y antes de la vacuna del rotavirus (de la que ya hablaremos) era mucho peor. ¿Y qué es la diarrea? Pues un aumento en el número de deposiciones que, además (pero no de forma obligada), pueden ser acuosas. La mayoría se producen por el rotavirus, frente al cual existe una vacuna (de la que hablaremos más adelante) que reduce el número de episodios y su intensidad.

En la mayoría de los casos, las diarreas suelen ser leves y duran menos de una semana. Pero en los lactantes (sobre todo, en los menores de seis meses) siempre existe riesgo de deshidratación (sobre todo si se junta con esos vómitos de los que hemos hablado hace poco). Por eso, ante una diarrea siempre se debe consultar y, en todos los casos, mantener al lactante hidratado con soluciones de hidratación oral de las que venden en farmacia. Y no, no las hagáis vosotros, sé que son más baratas y que circulan muchas recetas en Internet, pero no son fiables ni tenéis la certeza de que sean adecuadas para su edad. Es mejor comprar una de sabor agradable y dársela ligeramente fresca y poco a poco porque, si bebe demasiada de un tirón, es posible que la vomite.

Porque una diarrea con vómitos asociados (para los que, como vimos, no existe un tratamiento específico) pone a cualquier lactante en riesgo de deshidratación. Por eso, si un niño tiene la boca seca, la piel de aspecto seco, llora sin lágrima o parece decaído, debéis acudir a un servicio de urgencias. Y si la diarrea dura más de una semana o presenta un aspecto feo (sí, ya sé que todas son feas: me refiero a que de repente encontréis restos de moco, sangre, pus y ese tipo de cosas), acudid a consulta. Y es que algunas diarreas son más complicadas que otras, sobre todo en verano, gracias a bichos tan simpáticos como la salmonela.

Por último, recordad que, por desgracia, la eficacia de muchos antidiarreicos no está demostrada en el ámbito de la pediatría. Los probióticos, esos sobres o gotas que contienen flora bacteriana intestinal, parece que ayudan a regular el tránsito de las heces y, por lo tanto, a reducir el número de deposiciones. En cualquier caso, consultad. Ah, y no llevéis al peque a la guardería esos días, si no queréis que los demás padres os odien, y con motivos. No seáis egoístas. Y aunque hablaremos de esto más adelante, recordad que existe una vacuna que protege. Preguntad, al menos, por ella.

11. ¿Gingivitis, caries y mal aliento en lactantes?

A todos los padres les gusta hablar de los dientes de sus bebés: que si les salen antes o después, que si qué monos están, que si babean, que si parece que les duele, que si le pongo crema en la encía porque el mordedor no le alivia, que si el mío tiene diez meses y aún no los tiene pero dice mi pediatra que no me preocupe... Vamos, que dan mucho de sí en las reuniones sociales, mientras le bajáis el labio a vuestro bebé para mostrarle al mundo su dentadura de apenas dos piezas. Pero sirven para mucho más que esto.

Los dientes pueden comenzar a brotar hacia los cinco meses, aunque hay niños a los que no les salen hasta los doce. Y aunque los incisivos suelen salir primero, el orden de aparición también es bastante variable. Eso sí, cuando erupcionan todos los niños babean y sienten pinchazos. Tanto los mordedores como el paracetamol o el ibuprofeno en jarabe (pero consultando antes) son de ayuda. Ah, y recordad que este dolor puede también despertarle por las noches.

Hasta aquí, bien: todos los padres tienen bien controlada la erupción de los dientes de sus pequeños. Sin embargo, y esto es algo que no imagináis cómo me sorprende, pocos se preocupan por su higiene. Y es que los niños, por pequeños que sean, también pueden padecer cuadros como gingivitis, caries y mal aliento. Sí, los veo a diario en consulta. Y sí, en lactantes. ¿Os sorprende? Pues para que la sorpresa no pase de ahí, debéis aplicar una serie de medidas básicas de higiene.

Antes incluso de que aparezcan los dientes, hay que empezar a cuidarlos. Por ejemplo, no utilizando nunca chupetes endulzados. Ni siquiera con sacarina. Al igual que el azúcar, es puro pegamento para las bacterias que producen las caries y el mal aliento. Tampoco le deis zumos en el biberón. No os imagináis las caries tan terribles que veo en los lactantes por este motivo.

Después de cada toma debéis adquirir el hábito de pasarles una gasa empapada en agua por las encías. Y a partir de los seis u ocho meses, en cuanto hayan brotado los primeros dientes, utilizad un cepillo de dientes blando, con movimientos suaves y horizontales después de cada comida, para arrastrar los restos que hayan podido quedar entre ellos. A partir de los dos años ya podrán hacerlo ellos solos, y hasta usar pasta fluorada, pero supervisados por vosotros.

Estas conductas tan sencillas —como veis, no se trata de ingeniería— previenen la aparición de gingivitis, mal aliento y caries, y reducen los episodios de llagas en la boca, esas heridas tan molestas y que tantos quebraderos de cabeza generan cuando se producen. Así que ya sabéis: la higiene bucal, desde pequeños. Y sin excusas.

12. ¿Tuerce un ojo?

En muchos casos, sí, y es normal. Por ejemplo, los recién nacidos pueden torcer un ojo con respecto al otro sin que ello tenga que significar nada malo. Está acostumbrándose a ver, eso forma parte de su maduración y el pediatra lo mirará en las revisiones. Hacia los dos meses mantendrá los ojos bien alineados aunque, y hasta los seis meses de edad, de vez en cuando uno de ellos se puede desalinear con respecto al otro. Eso sí, de forma puntual y cuando miran hacia los extremos, por pura inmadurez.

Lo que no es normal es que existan desviaciones después de esa edad, o que un ojo esté siempre desviado con respecto al otro. Eso debe suponer un motivo de consulta inmediato, porque imagino que os sonará que, en caso de que una sospecha de estrabismo sea firme, hay que actuar sin demora. Por eso los pediatras miramos tanto los ojos de los niños: que la luz se refleje de forma simétrica en ellos, que estén alineados y que los movilicen de forma correcta.

También hacemos esa prueba tan simpática de taparles un ojo y luego destaparlo, aunque lo cierto es que resulta complicada de realizar y de evaluar en menores de dos años. Muchos lactantes tienen pliegues palpebrales grandes o puentes nasales anchos. Por ello a veces simulan que tuercen un ojo, y pueden generar dudas que hacen que al final los remitamos a oftalmología. No tengáis miedo si os sucede, pues solemos remitir niños que estamos casi seguros de que no van a tener un estrabismo verdadero, ya que el resto de la exploración es normal. Lo que no queremos es que se nos pase uno que sí podría serlo.

La importancia de lo ya expuesto reside en que un estrabismo tratado a tiempo puede reducir el riesgo de una *ambliopía*,

es decir, una pérdida importante (por no decir total) de visión en uno de los ojos. Y seamos sinceros: la mayoría de estos niños que remitimos por si acaso salen de oftalmología igual que entraron: sonriendo y dando palmadas. Pero eso sí, con los padres mucho más tranquilos.

13. Bultos en el cuello y otros sitios. Los ganglios

Todos los niños tienen ganglios. Y cuando aumentan de tamaño, cosa que suele suceder por ejemplo en caso de infección, a veces se pueden palpar. Entonces (y solo entonces) se llaman *adenopatías* (una nueva palabra rara que debéis añadir a vuestra colección). Dichas adenopatías pueden reflejar desde un catarro a procesos más severos y peligrosos. Esto último es lo que explica el miedo de muchos padres a la palabra *ganglio*. Por eso, cuando notéis la presencia de bultos, consultad. En niños pequeños es frecuente palparlos en cuello, axilas o incluso en la zona inguinal, donde se unen los muslos al abdomen. Los del cuello suelen medir menos de dos centímetros; los inguinales, menos de uno y medio, y los axilares, menos de uno.

Lo que ya no se considera tan habitual (y por eso es bueno consultar) es la presencia de ganglios palpables en los recién nacidos o en lactantes pequeños. O los ganglios mayores de dos centímetros. Tampoco nos suelen hacer mucha gracia los ganglios encima de las clavículas o detrás de la rodilla. Por eso palpamos tanto todas esas zonas cuando exploramos a un niño.

Vamos, que si no hay una causa clara, si se prolongan mucho tiempo, si son mayores de dos centímetros o si están en sitios poco habituales, solemos pedir pruebas como analíticas, radiografías o algún que otro test, por ejemplo de detección de tuberculosis, con el fin de saber qué puede estar produciendo ese ganglio. Por suerte, esto es menos frecuente y, en muchos de esos casos, cuando recibimos los resultados, los ganglios incluso han desaparecido.

Cuando constatamos la presencia de ganglios en zonas comunes como cuello, axilas o inguinales (algo muy frecuente), suele resultar fácil encontrar una causa que los justifica, como infecciones o heridas. Con tratamiento antibiótico y antiinflamatorio, o a veces solo con el tiempo, suelen reducirse y desaparecer. Pero siempre hay que consultar.

En la consulta del pediatra

1. Las consultas de pediatría

Sé que acudir a la consulta del pediatra genera sentimientos contrapuestos. Por un lado, los padres os enfrentáis a un mar de dudas relacionadas con las gestiones administrativas. Por otro, no sabéis cómo funciona este lío de revisiones de niño sano, vacunas, enfermería, urgencias... Pero tranquilos, es más sencillo de lo que parece.

Las gestiones administrativas «puras» se resuelven en los primeros días. Con el certificado de nacimiento que os dan en el mismo hospital, dais de alta al bebé en la oficina del Registro Civil de vuestra localidad y luego en una oficina de tesorería de la Seguridad Social, como beneficiario vuestro. Y ya podéis acudir al centro de salud para pedir que le asignen pediatra.

En las consultas, tanto de pediatría como de enfermería, se llevan a cabo muchas tareas: las revisiones de niño sano se suelen programar de forma separada del resto de consultas, con el fin de que las puedan realizar el pediatra y la enfermería juntos, y no mezclando en la sala de espera a los niños que vienen a revisión con los niños enfermos. Suelen durar más tiempo que las consultas normales y no es raro que se realicen a primera o a última hora de la jornada. Estas revisiones son más numerosas durante los dos primeros años de vida, especialmente los primeros meses.

Las consultas «normales», o como prefiráis llamarlas, sirven para consultar cualquier cosa: un síntoma, una duda o cualquier aspecto relacionado con la salud de vuestros pequeños (aunque hay padres que las utilizan para cualquier cosa, incluso como confesionarios). También pueden utilizarse para dar resultados de pruebas o hacer revisiones de procesos.

En las consultas de enfermería, además, se pueden realizar curas, vendajes, administración de medicaciones (como inyectables o nebulizaciones con mascarilla), aprender a realizar lavados nasales con suero o resolver dudas relacionadas con maternidad o lactancia, si hay matronas en vuestro centro. El personal de enfermería también suele encargarse de las vacunas, que varían en función de la edad del niño y del calendario vacunal de cada comunidad autónoma. Vamos, que la enfermería pediátrica es esencial, así que a la hora de escoger centro de salud preguntad qué servicios ofrece la enfermería, porque os va a servir de mucho a lo largo de muchos años.

También existen consultas denominadas «de urgencias», es decir, para procesos que los padres consideran que hay que atender ese mismo día. A veces están disponibles en el mismo centro de salud pero otras veces puede que no haya, que el horario esté limitado o que estén saturadas, y os veáis obligados a recurrir a las urgencias hospitalarias.

Como sé que todo esto resulta complicado de primeras, y más con niños pequeños, hablaremos de todas estas consultas a continuación, empezando por el primer paso previo: cómo preparar a vuestro pequeño.

2. Cómo preparar a un lactante para acudir a consulta

Esta es una cuestión tan básica y sencilla que no entiendo por qué nadie la explica antes de que acudáis a consulta, ya que ahorraría muchas sorpresas, la mayoría de ellas negativas. Por lo general, el tiempo de las consultas es escaso y vuela cuando atiendes a un niño, y tanto más cuanto más pequeño es, pues los padres tienen más dudas.

Además los pediatras solemos realizar labor de detectives, al más puro estilo Sherlock Holmes, pues en la mayoría de las ocasiones nuestros pequeños pacientes no hablan (o no saben expresarse) y hemos de obtener la información preguntando a los padres y (sobre todo) observando y explorando al niño. Y es que cualquier dato que obtengamos, desde que entra por la puerta hasta que sale, es útil.

Por eso hay que optimizar el tiempo mucho, muchísimo, para no generar retrasos escandalosos cuando tienes a más de cuarenta niños citados (vamos, lo normal de cualquier mañana en un centro de salud). De hecho, esos retrasos no son buenos por muchos motivos, entre ellos que los niños están en la sala de espera expuestos a las toses, fiebres, virus y bacterias de otros niños que también esperan. Y si no, se aburren y se desesperan. Y los padres también.

Por eso la consulta comienza incluso antes de entrar: preparad la información que queréis transmitirle a vuestro pediatra y, sobre todo, sed concisos: es mejor dar cinco ideas o síntomas en pocas palabras que insistir en solo uno usando un discurso largo y enrevesado para hacer énfasis en que ese síntoma es muy importante para vosotros. Dejad que seamos nosotros quienes decidamos si es importante o no, pero dadnos información: concreta, veraz y concisa. Y lo de veraz lo digo con fundamento. Olemos a kilómetros a los padres que mienten o exageran, ya os lo dije cuando hablaba

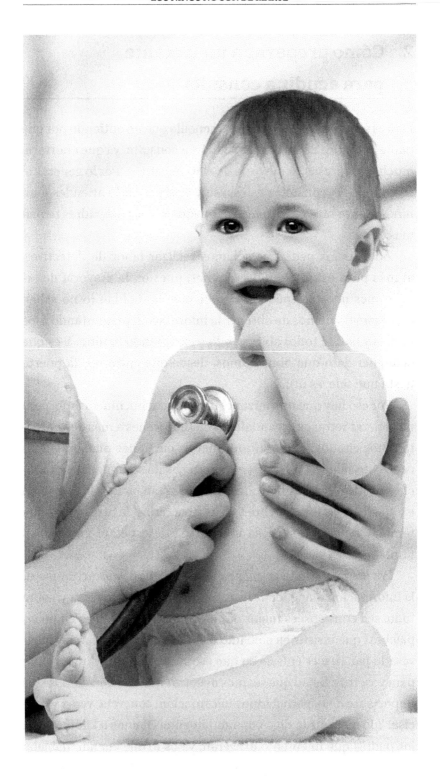

del tabaco. Y eso no solo confunde, sino que también merma nuestra confianza en vosotros. Así que sed sinceros.

También debéis preparar a vuestro hijo. La ropa debe ser fácil de poner y de quitar, así ahorraremos un tiempo precioso que no tiene sentido que se vaya en desatar lacitos rosas monísimos pero que son un peñazo de quitar. Y si ya es mayor de un año, decidle que vais al médico y explicadle si toca pinchazo, prueba o solo consulta. Aunque al final llore (todos suelen llorar entre los nueve y los veinticuatro meses), si le decís la verdad os creerá y, con el tiempo, aprenderá a no llorar. De hecho, existen algunas técnicas para intentar evitar el llanto: darles algún juguete en la consulta, que el pediatra hable unos minutos antes con los padres para que el niño no perciba el entorno como amenazante o que el pediatra no mire a los ojos al bebé para que este no le reconozca como una persona extraña (¿os acordáis de la famosa angustia de separación?). Aun así (y ya os lo digo yo) es inevitable que lloren a estas edades.

Por eso, si además le mentís, diciéndole que no le van a pinchar y luego resulta que sí, los berrinches serán apocalípticos. Y eso es normal. Yo también me enfadaría. Así que sed sinceros. Aunque no lo creáis, le ayudaréis más.

3. Consultas en el centro de salud

Consultas de pediatría

Revisión de niño sano

Estas consultas son maravillosas. No solo te asignan más minutos sino que además en ellas puedes realizar una labor fundamental: conocer a los niños y a sus padres, entablar una relación de confianza y, lo más importante, adelantar directrices y consejos que ayudan mucho. Muchísimo. Así que por favor, acudid a ellas. No sabéis la de problemas que evitan.

En estas consultas suele explorarse al niño, lo que incluye detalles importantes como el peso, la talla o la medida del perímetro craneal, pero también su desarrollo psicomotor. Y en un niño de meses el desarrollo se valora jugando con él. Por eso analizamos cada gesto y cada movimiento del niño desde que entra por la puerta. Y anotamos cada reacción, incluso la del llanto, que es normal a ciertas edades. Todo cuenta.

También, y en función de la edad del niño, solemos dar consejos sobre alimentación, cuidados básicos, cómo estimular su desarrollo y las cosas que podéis encontraros o esperar de vuestro bebé hasta la siguiente revisión. En cuanto a la prevención, y en función de la edad, se suele hablar de cómo evitar el síndrome de muerte súbita, el tabaquismo pasivo, las enfermedades de los dientes, los accidentes domésticos, los gases, la fimosis, los cuidados del cordón en los recién nacidos, las noches sin dormir o los malos comedores. Y también en función de la época el año, se puede enseñar a prevenir los catarros, las bronquiolitis, las infecciones de garganta, las quemaduras solares, las picaduras o las erupciones.

Recordad que los niños deben saber que van a revisión de niño sano. Y si es solo consulta, que ese día no toca pinchazo. Pero si hay vacunas, no se lo ocultéis. Aun así, será normal que lloren entre los nueve y los veinticuatro meses. Pero no les mintáis. Ah, y sed puntuales. Si acudís tarde, estaréis perdiendo minutos preciosos de vuestra consulta o retrasando al niño que va detrás, que a lo mejor es un recién nacido de solo días de vida. Pensad en lo que sufre esa madre, esperando fuera, con tanta gente tosiendo alrededor de su hijo. No seáis egoístas.

Consultas «normales»

Las consultas «normales», también llamadas «a demanda», son aquellas que los padres solicitáis para consultar cualquier cosa que os apetezca. Y cuando digo cualquier cosa, os aseguro que os asombraríais si supierais las cosas que me piden los padres, como que les recomiende una marca de carrito o que regañe a su hijo para que estudie. Pura pediatría. Y sí, podéis preguntar qué marca de carrito de paseo aconsejamos, pero no podéis enfadaros (como de hecho, hacen algunos) si la respuesta es del tipo «el mejor que podáis». Porque no tenemos la más mínima obligación de conocer las marcas de carritos de paseo ni cuál es el que mejor se ajusta a vuestro presupuesto.

Lo normal es que se consulte por algún síntoma o signo que haya aparecido en vuestro pequeño: fiebre, mocos, tos, gases, diarrea o cualquier otro. Pero también preguntar acerca de su crecimiento y desarrollo, o cualquier otra duda relacionada con su salud. En estas consultas solemos explorar al niño, por triviales que sean la duda o el síntoma, porque ya habéis aprendido que nos suele aportar muchos datos, sobre todo en la etapa de lactancia, en la que no pueden expresarse.

Según el caso es posible que pautemos un tratamiento, pidamos alguna prueba adicional u os demos una serie de recomendaciones o pautas de vigilancia. En cualquier caso, es obligación nuestra explicar las cosas en un lenguaje comprensible y adaptado al nivel intelectual de los padres. Ya no vale eso de abrumar con palabras raras, de las que estáis aprendiendo unas cuantas en este libro. Tenemos que informar de forma sencilla y, si es posible, ofreceros alternativas en cuanto al diagnóstico y al tratamiento, porque es bueno (y mucho) que participéis en las decisiones, pues sois quienes mejor conocéis a vuestro hijo.

Y recordad, sed puntuales y llevad la consulta preparada: qué queréis contar, qué os preocupa y, si el niño es mayor de un año, que vaya concienciado. Y con ropa fácil de poner y de quitar Y nunca, nunca, nunca salgáis con dudas. Esas dudas crecerán y por la noche se habrán transformado en auténticos monstruos que os roerán las entrañas. Es mejor invertir un minuto más que pasar una noche atormentados.

Consultas de enfermería y matronas

Consultas de enfermería y de matronas

Es una auténtica pena que las consultas de enfermería y de matrona no se conozcan o estén infrautilizadas. Y es que la enfermería pediátrica y las matronas son ideales para resolver esa enorme cantidad de dudas que os surgen durante el embarazo y durante las primeras semanas o meses de vida de vuestro bebé. Sí, la mayoría de ellas relacionadas con el pecho o con cuidados tan básicos que a veces os da hasta vergüenza pedir número para el pediatra. ¿O es que creéis que no lo sé?

Las matronas son las personas ideales para resolver cualquier duda relativa al embarazo, sí, pero también acerca del cuidado y la alimentación del bebé durante las primeras semanas, sobre todo la lactancia materna. Si os acordáis, os señalé que muchos de los problemas relacionados con la lactancia se podían resolver en consulta. Pues bien, ellas son las personas ideales para eso, pues entre otras cosas suelen constatar cómo se realiza la toma, y corregir muchos pequeños errores en cuanto a postura, técnica o incluso esas dudas que surgen en torno a los famosos «baches de lactancia» de las tres, cinco y doce semanas.

En las consultas de enfermería también podéis aprender a realizar técnicas como los masajes abdominales que servían para prevenir los gases o los lavados nasales con suero para cuando estaban atorados de mocos. También administran medicaciones o enseñan a administrarlas si no os veis muy seguros, como sucede por ejemplo con los primeros supositorios.

La enfermería también resuelve muchísimas dudas relacionadas con la alimentación, la seguridad en el entorno del bebé o los cuidados básicos de higiene o de su piel. Y es que la enfermería forma parte activa de las revisiones del niño sano, en las que se dan estos consejos. De hecho, algunas de las revisiones de niño sano están diseñadas para que las haga de forma exclusiva el personal de enfermería.

Como veis, la enfermería pediátrica juega un papel esencial en la salud, el desarrollo y la educación en salud de los niños, por lo que no aprovecharla supone un auténtico desperdicio. La experiencia me ha enseñado que no todas vuestras preguntas son médicas, y muchas de ellas puede resolverlas un personal entrenado y cualificado como es la enfermería. Y os aseguro que cuando un centro de salud posee una buena enfermería pediátrica, se nota, y mucho, en la salud de los niños de ese centro. Así que preguntad por la enfermería de vuestro centro.

Consulta de vacunas

En casi todos los centros de salud suele existir una consulta y una agenda específica de vacunas, que además suele manejar el mismo personal que se encarga de la enfermería pediátrica. Y si los niños conocen a esas personas, todo es más fácil. ¿Por qué digo esto? Pues porque las vacunas, al ser la mayoría en forma de inyectables, duelen. Esto es así, y los pediatras sabemos que el dolor no le gusta a nadie: ni a los bebés, que lloran, ni a sus padres, que sufren con ese llanto. Por eso soy de los que defiende a ultranza que hay que combatir el dolor. Con analgesia como los jarabes de paracetamol o ibuprofeno, o con medidas como relajar al niño mediante caricias o incluso dándole el pecho después de la vacuna, pues eso libera endorfinas que alivian el dolor. Y sí, esto está demostrado.

También está demostrado (y por eso insisto tanto) que ser sinceros con vuestro hijo ayuda. Antes de los doce meses poco podréis explicarles, pero a partir del año es mejor que no les mintáis. De acuerdo, el niño sufrirá si sabe que ese día toca vacuna, pero también se hará a la idea y podrá prepararse psicológicamente. Y eso, como ya habéis aprendido, le ayudará a manejar mejor una frustración propia de su edad como es el pinchazo de una vacuna. Y si le prometéis algún pequeño premio para después, tanto mejor, porque eso le ayuda. El caso es que aprenda a soportarlo mejor, porque a la larga os aseguro que sufrirán menos.

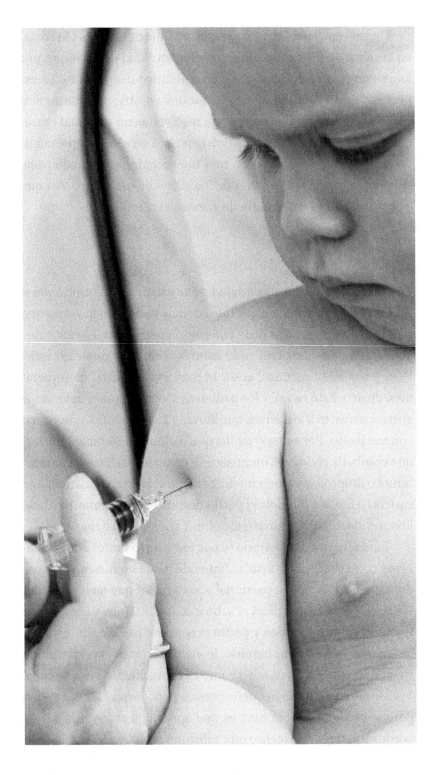

Pero si le mentís, el niño no sabrá a lo que va, se enfadará, no tolerará la frustración y, lo que es peor, la próxima vez no confiará en vosotros. Sus padres. Su mayor y su única referencia en este mundo. Si le decís que vais al pediatra y luego recibe un pinchazo que no esperaba, no os extrañe que en la próxima visita al pediatra este no le pueda explorar por la llantera y la pelea. Así que sed sinceros con ellos. Aprenderán a sobrellevar los pinchazos, y con mucho más aplomo del que pensáis. Su capacidad de adaptación nunca deja de sorprenderme. Lo veo a diario.

Las vacunas

Qué son las vacunas

Es bastante sencillo: unas sustancias que hacen que el organismo de los bebés (especialmente durante los dos primeros años de vida) desarrolle defensas ante infecciones graves. Infecciones que matan. Infecciones que hacen mucho daño. Sí, sé que muchas de estas enfermedades son poco frecuentes en la actualidad, pero esto se debe a que se vacuna frente a ellas. Y un niño no vacunado estará expuesto a ellas, aunque se vean menos. Y no hablo de catarros precisamente, sino de poliomielitis, hepatitis, tos ferina, neumonías o meningitis, entre otras.

De hecho, las vacunas son uno de los mayores avances sanitarios de la humanidad. He tenido la suerte de comprobarlo, a lo largo de quince años de práctica profesional, al constatar de primera mano cómo enfermedades como las diarreas, la varicela, las meningitis o ciertos tipos de neumonías han descendido de forma espectacular gracias a la aparición de vacunas que antes no existían. Pero las vacunas también entrañan riesgos, además de que van variando con el tiempo. Y duelen al administrarlas, porque la mayoría son inyectables. Por eso algunos padres se muestran recelosos a la hora de ponérselas a sus hijos. Me ha pasado en más de una ocasión. Si sois de esos padres, por favor seguid leyendo y veréis lo que suelo explicar en esos casos. Y si no sois de esos padres, también deberíais pasar la página y leer con atención.

La importancia de las vacunas

Seré claro: no recibo ningún tipo de dinero, beneficio, obsequio o favor de ningún tipo, de ninguna casa comercial. Ni trabajo para ninguna conspiración mundial que trata de experimentar con vuestros hijos. Ni siquiera tengo un sillón de orejas grandes, con un gato sin pelo al que acariciar mientras río en voz alta. Así que puedo hablar de forma libre y basándome no solo en lo que viene en los libros (científicos), sino también en mi experiencia profesional de quince años en el momento de escribir esto.

Las vacunas no solo salvan cientos de miles de vidas (entre las que podría estar la de vuestro hijo), sino que además hacen que las enfermedades, en caso de aparecer, lo hagan de forma mucho más leve, como sucede por ejemplo con las diarreas o la varicela de los niños vacunados frente a estos cuadros. Cierto, las vacunas no están exentas de riesgos, pero por suerte son pequeños, ya que las reacciones adversas graves solo se dan en casos excepcionales.

Muchos padres me preguntan en consulta si, a pesar de eso, pueden existir riesgos por vacunar. Claro que sí, les digo de forma sincera. Como también les señalo que entiendo que tengan miedo. Lo que sucede es que el beneficio que se obtiene con las vacunas es tan superior al riesgo que corre el niño, que es casi un insulto plantearse no administrarlas. ¿Por qué? Vamos a descubrirlo ahora mismo.

¿Y si no vacunas a tu hijo?

En contra de lo que muchos padres creen, las vacunas, salvo casos excepcionales de salud pública, no son obligatorias. Pero el hecho de no vacunar a un niño no solo le expone a un riesgo, sino que además podría considerarse una omisión de cuidados hacia el niño. Y al exponer a otros niños a esas enfermedades, es posible que no admitan al no vacunado en guarderías donde la vacunación es obligatoria.

Y es que un niño no vacunado no solo está expuesto a padecer esas enfermedades, sino que además favorece la aparición de brotes epidémicos no solo en otros niños, sino también en adultos sensibles, como ha sucedido en España, en fechas recientes, con brotes de sarampión y de tos ferina. Por lo tanto, vacunar a un niño no solo le protege a él sino que protege a los niños de alrededor, a sus hermanos e incluso a sus padres y familiares, especialmente los enfermos crónicos y las personas mayores.

Sé que existen movimientos antivacunas y que en la última década se ha perdido confianza en el sistema sanitario en general. Pero esa sensación de seguridad que tenemos en nuestra sociedad actual, la de que un niño no debería contraer infecciones graves, la tenemos precisamente porque se vacuna a toda la población y esas enfermedades, que antes eran no solo frecuentes sino además un drama, ahora apenas se ven. Salvo en los no vacunados, claro. Tomad la mejor decisión posible, pero pensando en lo que estáis poniendo en juego y conociendo de antemano toda la información posible. Como por ejemplo, la seguridad (real) de las vacunas. Que es de lo que vamos a hablar a continuación.

La seguridad de las vacunas

La versión resumida es que las vacunas son seguras. No lo digo yo, lo dicen la Organización Mundial de la Salud, la Food & Drug Administration estadounidense, la Agencia Española del Medicamento, el Ministerio de Sanidad, la Asociación Española de Pediatría y las diferentes consejerías de Sanidad de cada una de nuestras amadas comunidades autonómicas, que son las que, al fin y al cabo, recomiendan y facilitan la vacunación de toda la población infantil.

Vale, son seguras, pero eso no quita que posean efectos secundarios. Es más, os diré algo: esos efectos secundarios son frecuentes. Pero casi todos ellos son leves, como dolor en el lugar del pinchazo, fiebre leve o alguna pequeña erupción. Ya está. De acuerdo, tampoco os voy a engañar, como jamás haría con unos padres en consulta: existe la posibilidad de que se produzca una reacción adversa brusca y grave por alergia a alguno de los componentes de la vacuna. Y brusca y grave significa brusca y grave. Ya no hablo de décimas de fiebre o de llanto. Hablo de riesgo para la vida del niño.

Pero la probabilidad de que ocurra esto es exactamente la misma que hay con cualquier otro medicamento que se administre inyectado. Por eso los niños a los que se les vacuna (o se les pone cualquier inyectable) deben permanecer quince o veinte minutos en el centro sanitario donde han sido vacunados, para asegurarse de que no se produce ninguna reacción. A día de hoy ningún padre se me ha quejado porque a su hijo le pinchen un antibiótico; es más, muchos hasta lo piden. Pues bien, el riesgo de una reacción es prácticamente el mismo.

De hecho, las vacunas se consideran tan seguras que se pueden administrar incluso en niños con catarros u otros procesos, con fiebre o que estén tomando otras medicaciones. Pero como en esos casos la efectividad podría verse reducida, se suelen posponer unos días. Pero no porque no sean seguras. Vamos, que la única contraindicación para administrar una vacuna es que un niño posea alergia a alguno de sus componentes. Y como a priori es imposible saberlo, las vacunas se deben administrar siempre (insisto, siempre) en un centro sanitario autorizado.

Vacunas recomendadas

¿Habéis decidido vacunar? Fenomenal, ya podéis pedir cita en vuestro centro de salud. Ellos se encargarán de todo, vosotros solo tenéis que saber cuáles son las siguientes vacunas que le tocan a vuestro bebé y cuándo le tocan. Durante kis primeros dos años de vida vuestro bebé recibirá vacunas frente a la hepatitis B, la difteria, el tétanos, la tos ferina, la poliomielitis, el Hemophilus influenza B (un bicho simpático que suele producir neumonías y meningitis), la meningitis producida por el meningococo C, el sarampión, la rubeola y la parotiditis.

Aparte, la Asociación Española de Pediatría —y casi todos los pediatras, por lo tanto— recomiendan vacunar también frente al neumococo (otro bicho simpático, que produce neumonías y meningitis), frente al rotavirus (causante de la mitad de las diarreas en los lactantes); frente a la varicela, enfermedad por lo general benigna pero que se puede complicar hasta en el 15% de los niños que la padecen, generando un cuadro grave y nada gracioso y frente al meningococo B, causante de la meningitis. Además se pueden administrar las vacunas de la hepatitis A y de la gripe. Esta se puede administrar a partir de los seis meses de vida en los niños de riesgo, como sucede en aquellos con problemas pulmonares (por ejemplo, algunos antiguos pretérmino) o enfermedades crónicas, como sucede en los asmáticos.

Como siempre, consultad antes, pues ya habéis visto que algunas están financiadas, otras son voluntarias y otras son recomendables. Solo vuestro pediatra podrá daros, en términos médicos, el mejor consejo posible para vuestro hijo. Así que no dudéis en pedírselo.

4. Los lactantes en los servicios de urgencias

No todo lo relacionado con los niños es de color de rosa. Qué narices, ni siquiera con todo lo que habéis aprendido en estas páginas os podéis sentir seguros para afrontar cualquier

2

EL NIÑO EN EDAD PREESCOLAR Y ESCOLAR (2 A 12 AÑOS)

Vuestro hijo, todo un niño

1. Cómo es

Aspecto del niño en edad preescolar y escolar

Queridos papis, vuestro bebé ha crecido. Tanto, que a los dos años casi habrá doblado la longitud que tenía al nacimiento y pesará unas cuatro veces más. Sí, así de rápido ha sido todo. Sin embargo, habréis notado que esa velocidad de crecimiento y esa ganancia de peso han sido menores en los últimos meses. Y no solo eso: el aspecto del que seguís considerando un bebé, ha cambiado. Ya no es tan bebé.

Si os fijáis, la cabeza ha crecido bastante, pero han crecido aún más sus brazos, sus piernas y su tronco, de forma que ya no tienen tan marcado ese aspecto «cabezón» de los lactantes. Sus piernas van adoptando, por primera vez, una postura con las rodillas cerca en vez de separadas, de forma que parecen dibujar una equis. Y su cuerpo, aunque aún acumula mucha grasa en zonas como abdomen y muslos, empieza a parecerse más al de un niño en edad escolar, más delgado, que al de un bebé.

Su ritmo de crecimiento se frena y, a partir de los seis u ocho años (y esto es normal) comenzará a presentar algo de olor en las axilas y un vello fino en el área genital, concretamente en el pubis. Tranquilos, no son signos de pubertad, sino lo que se conoce como *adrenarquia* (toma nombre), una etapa normal, propia de varios años antes de la pubertad, y que por supuesto se controla en las revisiones de niño sano.

Y es que vuestro pequeño ya no lo es tanto: a partir de los veinticuatro meses ya no se le considera un lactante, sino un niño. Y en menos de lo que pensáis será un «niño grande», que es como les gusta denominarse. Pero antes, nos esperan un montón de cosas que disfrutar y aprender. Por ejemplo, cómo va a desarrollarse (y crecer) en esta etapa.

2. Cómo se desarrolla

Cómo crece

Tanto la velocidad de crecimiento de vuestro hijo como su ganancia de peso se frenan a partir de los dos años, y pasan a un ritmo más lento pero constante, que además supone una serie de cambios en el aspecto de su cuerpo, que pasa de ser rechoncho como el de un lactante, a delgado como el de un niño grande.

A los dos años medirá unos ochenta y cinco centímetros, más o menos la mitad de lo que medirá de adulto, mientras que solo pesará unos doce kilos, es decir, un 18-20% de lo que pesará de mayor. De ahí ese aspecto delgado que tienen a esta edad, pues en proporción miden más de lo que pesan. A los tres años alcanzará los noventa centímetros y pesará unos catorce kilos, mientras que a los de cuatro años medirá alrededor de un metro y pesará alrededor de los dieciocho kilos.

Es decir, ganan peso a una velocidad bastante menor que durante su primer año de vida (en el que ganaron de media unos seis kilos y medio). Y esto es lo que explica que coman menos (ya hablaremos de esto) o ese aspecto tan delgado que presentan casi todos los niños de dos a seis años. Así que lanzo ahora un mensaje para abuelas y algunos padres: la ganancia de peso ya no es tan acusada como antes y el apetito, por lo tanto, también se reduce. Y vuestro hijo (o nieto) irá adoptando ese aspecto más delgado típico (y normal, insisto, normal) de los niños en edad escolar, alejado del lactante regordete y de muslos rechonchos.

A partir de los cuatro años crecerá una media de seis o siete centímetros y ganará unos tres kilos de peso al año, hasta que cumpla los diez o doce, momento en que se dará el periodo de crecimiento más lento de toda la infancia, justo antes de la pubertad. Pero antes, entre los seis y los ocho años, se producirá el llamado «rebote adiposo», es decir, alcanzarán una etapa en la que ganarán más peso que talla, de forma que acumularán grasa para prepararse para la pubertad y por lo tanto volverán a presentar aspecto más relleno. Pues bien, cuidado con ese rebote adiposo, porque predispone a la obesidad en niños a los que se ceba porque «no comen». Ya hablaremos de esto.

En cuanto a la talla, lo normal es que durante toda la infancia sigan el percentil por el que iban cuando tenían dos años. Eso sí, el crecimiento no es constante, sino que lo hará en picos o acelerones, unos tres o seis al año, por lo que sus gráficas, sobre todo si los medís con frecuencia, parecerán dibujar montañas rusas. Por eso es bueno medirlos de forma anual, y solo con mayor frecuencia si vuestro pediatra os lo indica.

En las revisiones de niño sano es donde aseguraremos que todo esto es cierto que y que el niño crece como debe, aunque tengan ese aspecto delgado y hasta desgarbado, propio de los niños de tres a seis años. Recordad, no se trata de cebarlos para que sigan con ese aspecto «rellenito» de cuando eran lactantes (y sí, «rellenito» significa «gordo»). Se trata de que crezcan y se desarrollen como deben. Y para eso estamos los pediatras. Para vigilar a los niños. De las abuelas ya os encargáis vosotros.

Qué cosas hace

Desarrollo en la etapa preescolar

Ya sabéis que llamamos desarrollo a las cosas que va aprendiendo a hacer vuestro hijo y que, aunque existe una secuencia temporal más o menos similar para todos los niños, cada uno sigue su ritmo particular. En las revisiones de niño sano preguntamos acerca de lo que hacen y lo que aún no, y cuando detectamos algo que no nos gusta, os hacemos volver para vigilarlo de cerca. Aun así, preguntad siempre que tengáis duda. Aquí tenéis las cosas que suelen hacer en este período.

A partir de los dos años vuestro pequeño corre, salta, le da patadas a un balón y baila, jugando más como niños que como bebés. Y eso es genial para ellos, aunque para vuestras espaldas igual no tanto. Como tiene más estabilidad y equilibrio se atreve a subir y bajar escaleras, con vuestro consiguiente pánico. Eso sí, hasta los tres años lo hará cogido de vuestra mano o sujeto de la barandilla —y mejor así—. En cuanto a sus manos, a partir de los dos años saben usar los cubiertos y les encanta manipular objetos, apilando cubos o dibujando líneas más o menos rectas. También sabe lavarse y ayuda a vestirse.

A los dos años la visión también está desarrollada del todo, aunque a veces suelen dibujar cerca del papel y se aproximan mucho a la televisión, pero en muchos casos lo hacen por comodidad o por interés. No obstante, si dudáis de si no ve bien, consultad. Recordad que es importante detectar trastornos de la visión, sobre todo el estrabismo —del que volveremos a hablar—. Por cierto, a esta edad también deben oír a la perfección y entender casi todo lo que se les dice. Otra cosa es que os hagan caso.

A los tres años sabrá dibujar algunas formas sin salirse del papel y le encantarán los recortables. También mostrará qué mano predomina, derecha o izquierda, y no debéis forzarle a que cambie. Por cierto, ese deambular inseguro, como de pato, propio de los dos años y que tantas dudas os generaba, prácticamente habrá desaparecido: Por eso a estad edad correrá con seguridad aunque, como es lógico, aún le faltará coordinación y equilibrio, así que tampoco esperéis milagros. Aún es pronto para que anden como los adultos.

También es bueno saber que entre los dos y los cinco años los niños desarrollan mucho el pensamiento mágico, es decir, mezclan realidad con fantasía, y para ellos son lo mismo. Por eso creen que existen los personajes de los cuentos o los dibujos, o que los animales hablan. También mienten mucho, pero en esta etapa (y a diferencia de cuando son mayores) lo hacen sin intención. Y es que si le preguntáis si se ha comido la cena, el niño no contesta lo real sino lo que os agradaría a vosotros: es decir, que sí, aunque el plato esté sin tocar.

Por ese mismo motivo, esta también es la época de los miedos a la oscuridad o a los monstruos. Y como esos miedos no se pueden combatir de una forma racional porque nacen del pensamiento mágico, pues nada más sencillo que utilizar esa «magia» para combatirlos: por ejemplo, espantando monstruos con un «asustador de monstruos» (que, evidentemente, puede ser cualquier objeto llamativo). Y entre los cuatro y los seis años aparecerá el pudor, es decir, la vergüenza a que le vean desnudo. No solo es completamente normal, sino que no es bueno obligar al niño a que se comporte de otra forma.

Entre los dos y los cinco años vuestro pequeño hará muchas más cosas, como seguir aprendiendo a hablar (de lo que hablaremos en profundidad) o incluso una tarea importante pero que siempre supone algún que otro quebradero de cabeza: controlar el pis y la caca. Y es que es hora de ir al baño.

El control de esfínteres

Esta es, sin duda, una de las labores más arduas que compete a los sufridos padres. Y es que, aunque todos los niños aprenden

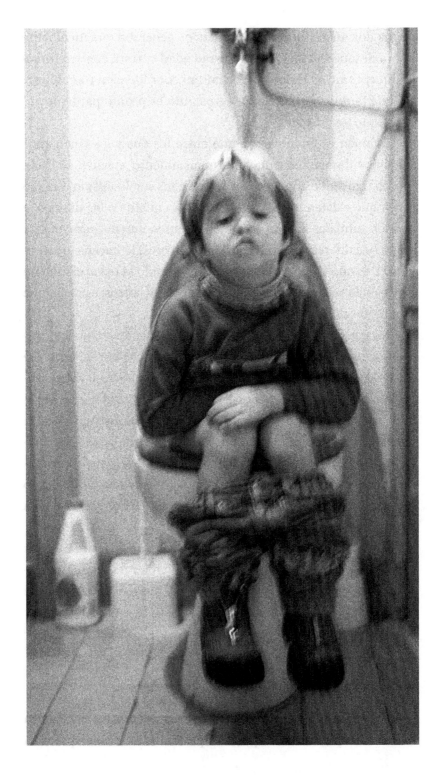

a controlar el pis y la caca, el proceso puede llegar a convertirse en algo desesperante si no andáis preparados. Y lo primero es no tener prisa, pues no se debe forzar este aprendizaje antes de los dos años. Ni siquiera luego hay prisa. Sí, sé que cuando lleguen al colegio deben saber controlar el pis, pero tienen nada menos que un año (si no más) para aprender. Así que tranquilos.

Este proceso, como los de aprender a comer o a dormir, es madurativo: antes de los dos años no debéis intentar hacer nada, pero alrededor de esta edad los niños por fin empiezan a notar la sensación de llenado de la vejiga y de la ampolla rectal. Pero contraer los músculos que aguantan el pis o la caca requiere un aprendizaje. Por eso, al principio os avisarán de que se han hecho pis o caca cuando esto ya haya sucedido. Vale, no es mala señal, y es el momento de que vosotros aprendáis a reconocer los indicios de que se va a hacer pipí o caca, como por ejemplo llevarse las manos a la zona del pañal o agacharse.

En esta época, por atrevido que os parezca (y siempre contando con vuestro pequeño), debéis intentar quitar el pañal durante el día. Sí, os lo digo en serio. Eso sí, tendréis que sentarlo en el váter cuando lleve un rato sin hacer nada, más o menos cada hora y luego cada dos horas, para que se vaya acostumbrando. Con un par de minutos sentado bastará, pues si sabe que quiere hacer pis, lo hará de inmediato. Es bueno que, si se usa orinal, este esté en el baño, porque de este modo el niño se acostumbrará a ir allí. O si usáis un adaptador para el váter, mejor aún. Es mejor intentarlo en verano, pues los niños llevan menos ropa y más suelta, por lo que es más fácil de quitar. En invierno la operación «quitar ropa porque me hago pis» suele terminar en desastre. Por eso, cuando salgáis a la calle, acordaos de llevar ropa de recambio. Por mucho que os esforcéis, es posible que no dé tiempo a llegar al arbolito (cosa que siempre me ha parecido una cochinada pero entiendo que es un recurso) o que el niño (o vosotros) os despistéis.

Una vez que controle el pis de día (algo que las niñas suelen lograr antes), podréis pasar a las noches. Para ello es fundamental que los niños no beban agua un par de horas antes de ir a la cama, que hagan pis antes de acostarse y, solo si se despiertan durante la noche, los acompañéis al baño. Y no, no volváis a poner el pañal. Sé que hay noches (e incluso días) en que os vendrá muy bien, pero eso confunde al niño. Es mejor usar protectores para el colchón y pequeños trucos como los calendarios de noches secas, en los que se dan pequeños premios si encadenan días o semanas sin mojar la cama.

Aun así, armaos de paciencia: el 80% de los niños controlarán el pis de día a los tres años, mientras que solo un 60% lo harán por las noches. De hecho, es lo más normal del mundo que las niñas mojen la cama hasta los cuatro años y los niños hasta los cinco o los seis. De hecho, algunos siguen teniendo escapes de orina hasta la adolescencia. No desesperéis: estos niños se pueden beneficiar de algunos ejercicios y consejos que veremos cuando hablemos de los críos que no controlan el pis. Mientras, veamos cómo siguen desarrollándose vuestros hijos.

Desarrollo psicomotor en la etapa escolar

La etapa escolar, es decir, de los cinco a los doce años, estará marcada por la mayor independencia de vuestro pequeño. No lloréis ni os llevéis las manos a la cabeza si, por primera vez en su vida, busca más la compañía e incluso la aprobación de sus compañeros o sus profesores. Es normal: sois vosotros mismos quienes le habéis inculcado (y muy bien, además) que hay que cumplir normas sociales, sacar buenas notas, aprender otro idioma, practicar un deporte o tocar un instrumento. Y vuestro hijo desea hacer todo eso con el fin de conseguir no solo vuestra aprobación, sino también la de las personas que le rodean. Y eso formará una parte importante de su desarrollo.

El colegio es un entorno esencial para su desarrollo y sus inquietudes van más allá de lo que aprende, de forma que a medida que aprende a razonar le atraerá resolver problemas, puzles, crucigramas y cualquier pasatiempo que le suponga pensar de forma lógica. Aparte, el niño se sentirá cómodo cumpliendo las normas (¿os acordáis de que os dije que eran buenas?). Se vanagloriará de ello y, si incumple alguna, lo admitirá y pedirá perdón incluso antes de que el profesor lo advierta. Por eso es importante indagar acerca de por qué los niños en edad escolar incumplen las normas o se portan de forma inadecuada, ya que en muchos casos implican una llamada de atención por la existencia de algún problema, como por ejemplo discusiones en casa o falta de atención por parte de los padres.

En esta etapa escolar los niños no solo distinguen perfectamente la fantasía de la realidad, sino también lo que está bien de lo que está mal. Por eso, y a diferencia de cuando eran menores, las mentiras no tienen justificación alguna: si se las aceptáis al detectarlas, al final creerá que las puede usar con normalidad en su día a día. Así pues, corregidlas, si se producen. A los diez años comprenderá también que lo que es justo para él también lo será para los demás, y viceversa. La capacidad de empatía hacia sus compañeros deberá estar desarrollada, y se mostrará comprensivo y generoso con ellos. Vamos, que a esta edad son un encanto.

Cómo estimularle a través del juego

En la etapa de lactante os hablé del tiempo «de calidad», es decir, el que unos padres pueden (y deben) dedicarle a sus hijos. Y es que educarles no consiste solo en llevarlos al colegio o a la guardería. Ni en sentarlos delante del televisor para que se queden embobados, por muy educativo que sea el programa que estén viendo. Educarles es invertir parte de vuestro precioso tiempo en jugar con ellos y enseñarles a desarrollarse, a la vez que aprenden modelos y valores. Y la verdad, no se me ocurre nada mejor a lo que dedicar vuestro tiempo. Aunque a vosotros a lo mejor sí.

Pero eso, el juego, es esencial porque los niños aprenden y se desarrollan jugando. El juego implica aprendizaje, actividad física (de la que hablaremos más tarde), socialización (asunto que abordaremos también) y la práctica de papeles adultos. Así que sacad tiempo de donde sea, pero jugad con vuestros hijos. Les ayudará a aprender y a desarrollarse. Lo que no hagáis hoy no podréis hacerlo de aquí a unos años, porque se habrán hecho mayores.

Un niño de dos años disfruta con los juegos de imitación sencilla, es decir, simulando actividades cotidianas como hacer la comida. También le encantan los juegos en los que puedan demostrar habilidad con las manos, como dibujar o resolver rompecabezas de hasta quince piezas. O que le leáis cuentos, le cantéis canciones o incluso ver programas educativos en la televisión o la tablet, pero siempre durante poco tiempo y acompañado, pues será la interacción con vosotros lo que más le divertirá y le hará aprender. Insisto, no lo convirtáis en un espectador pasivo, sino en un niño activo. A esta edad también puede jugar con otros niños, pero cada uno lo hará por su lado y con sus propias normas. Es normal. Lo bueno es que aún tendrá un apego enorme hacia vosotros, así que aprovechadlo para disfrutar con ellos.

Alrededor de los tres años disfrutan con vuestra compañía en los columpios, la arena, la tierra o con una pelota pero, poco a poco, a vuestro hijo le gustará más jugar con otros niños en juegos cada vez más organizados, es decir, con reglas sencillas que (más o menos) se cumplen. O no. Pero eso de momento les importará poco.

Hacia los cuatro años juegan de forma coordinada con otros niños y los juegos de imitación son más complejos, de forma que ya juegan, por ejemplo, a policías y ladrones. Eso sí, las reglas siguen siendo laxas y se modifican según les interese. También le irán gustando más los juguetes complejos y los coleccionables relacionados con las series y los dibujos que vean en televisión. A los cinco años son capaces de jugar a juegos más complejos y, por fin, respetando las reglas.

Y antes o después se «engancharán» a la televisión y, sobre todo, a los videojuegos. La televisión puede ser útil si se utiliza con fines educativos, poco tiempo al día y además con vuestra compañía. Y con los videojuegos sucede lo mismo, pero con el añadido de que son adictivos porque el niño interactúa y consigue logros, lo que le hace sentir muy bien. Pero también enganchan. Por eso, cuidad el tiempo que vuestros hijos les dedican y, sobre todo, a qué juegan. Recordad que está demostrado que el uso de libros con dibujos estimula el lenguaje y el habla de los niños, mientras que la televisión y los videojuegos, mal utilizados, pueden enviarles mensajes confusos a los niños.

Tuve mi primer ordenador a los once años, en una época en la que nadie tenía ordenadores. He crecido con la tecnología y la adoro, pero también he aprendido que hay que saber utilizarla: los únicos responsables de que vuestro hijo no se enganche a los videojuegos o a las redes sociales sois vosotros, pues sois quienes los ponéis en sus manos. Aunque os cueste más tiempo y esfuerzo, es mejor leerle un cuento en un libro con dibujos que ponerle dibujos en la tele o darles la tablet. Si no, terminaréis en consulta diciendo que necesita un psicólogo porque no se centra en los estudios, aunque es muy listo porque maneja muy bien la tablet. ¿De verdad pensáis que eso lo va a solucionar un psicólogo? Pues lo veo a diario y sí, es incoherente. En muchos de esos casos, el niño no necesita un psicólogo, sino unos padres coherentes. Sedlo vosotros, antes de que sea tarde.

Cómo se comunica

Cuándo es aceptable que lloren y cuándo no

Los niños lloran, y a veces ese llanto (desesperante de por sí) se mezcla con gritos, toses, vómitos, y hasta con pataleo y el rostro colorado. Y entonces se llaman rabietas. Y sé que las odiáis. Pero ¿cómo llega un niño a eso?

Ya sabéis que es normal que los niños lloren: es la única forma que tienen para comunicarse cuando son pequeños. Por eso, aunque el niño de dos años maneje un lenguaje verbal de unas cien palabras y un lenguaje no verbal (gestos y miradas) muy rico, no es de extrañar que en determinados momentos recurra al llanto como forma de expresarse. Sobre todo, si le prestáis más atención. Y esa es la base de que lloren y, sobre todo, de las rabietas, esos enfados que a veces agarran por frustración, por cansancio o por cualquier otro motivo, y en los que ellos mismos se sienten mal. Porque lo único que desean es llamar vuestra atención.

Por eso, y a medida que vuestro hijo crece, debéis valorar cuándo un llanto es adecuado o no. Por ejemplo, si se cae y se hace daño, es normal que llore por el dolor y el susto. Pero si se cae y no se hace daño, es posible que solo llore para haceros saber que se ha caído. En este último caso deberíais darle menos importancia y animarle a que continúe jugando o caminando enseguida, porque si le prestáis una atención excesiva, le estaréis enseñando que si llora, aunque sea por nimiedades, responderéis de forma urgente a esa llamada. Y esa es una mala enseñanza, os lo aseguro.

Por eso, en niños mayores de dos años (y de forma especial en los mayores de cuatro), el llanto solo debe ser válido para expresar algo que de verdad no pueden controlar: dolor auténtico, que otro niño le haya pegado o, en los más pequeños, cansancio. Pero si permitís que un niño que puede hablar se comunique con vosotros a través del llanto, estaréis potenciando la aparición de esas temidas rabietas, de las que hablaremos a continuación. De momento os basta con saber que un niño mayor de tres años (y especialmente los de cuatro) debe comunicarse con el lenguaje e ir relegando el llanto a ocasiones cada vez más puntuales.

El desarrollo del lenguaje

Muchos padres me refieren, en la revisión de niño sano de los dos años, que sus hijos apenas hablan. Y si os acordáis de lo que os comenté cuando hablamos de esto durante la etapa de lactancia, una cosa es el *lenguaje*, que es un acto mental, y otra el *habla*, que son sonidos estructurados que emitimos con la boca para expresar el lenguaje. Pues bien, a estos padres que dudan de sus hijos les suelo hacer dos preguntas: «¿Entiende lo que le decís?» y «¿Se hace entender?». Los padres suelen responder a ambas con cabeceos que indican asentimiento. Me imagino que ya sabéis lo que significa eso: los niños están desarrollando el *lenguaje*, aunque aún no dominen el *habla*.

Y es que ya sabéis que un niño, a los dos años, apenas maneja cien palabras y, con suerte, articula (es decir, *habla*) frases de dos palabras, y por fin comienza a utilizar el «yo» y el «mi». Pero si los padres están muy pendientes de él, o no va a guardería y lo cuidan los abuelos, no es de extrañar que no se esfuerce en hablar porque no tiene necesidad de hacerlo. A medida que se acerca a los tres años ese vocabulario alcanza las mil palabras. Sí, habéis leído bien. Las frases son más complejas y domina el habla, aunque tenga fallos de pronunciación. Y para vuestra «desgracia», comienzan las etapas del «¿Por qué?» y el no parar de hablar.

Pero entre los dos y los cuatro años también puede existir una etapa de tartamudeo leve que desaparece hacia los seis años. Por lo tanto, no debéis presionar al niño porque con ello no haréis sino empeorarlo. Ayudadlo a que se relaje y piense lo que va a decir, antes de hablar. Y tenedlo vigilado, porque unos pocos casos (los menos) pueden tardar en desaparecer o incluso permanecer durante más tiempo. Así que consultad.

A los cuatro años un niño conocerá más de dos mil palabras y su gramática será correcta. También sabrá contar hasta cuatro y manejará de forma correcta el tiempo verbal pasado. A los cinco, articulará perfectamente todas las palabras, el lenguaje será fluido y será capaz de usar los verbos en futuro. Eso sí, su lenguaje seguirá siendo literal, por lo que si utilizáis frases hechas pondrá cara de no entender un pimiento. A los seis utilizará el lenguaje para aprender, a los siete conocerá varios miles de palabras y a los ocho, papis, aunque os parezca mentira, será capaz de conversar como un adulto. Y para que asimile la gramática y la ortografía, lo ideal será que lea libros (adecuados para su edad, eso sí). Estáis sorprendidos de lo rápido que aprenden, ¿verdad? Pues no es lo único que vuestro pequeño va a aprender. Y es que durante la infancia también desarrollará sus habilidades sociales. ¿Queréis saber cómo?

Desarrollo de las habilidades sociales

A los dos años vuestro bebé se habrá transformado en un hombrecito que deseará demostrarle al mundo todo lo que sabe hacer: subirse él solo los pantalones, lavarse las manos, controlar el pis... A los tres, le gustará mostrar a los demás que, salvo por los botones, sabe vestirse y desvestirse o usar el tenedor. A esta edad por fin le gustará jugar con otros niños, y además siguiendo unas reglas. Sí, laxas, pero unas normas, al fin. A los cuatro años será un niño «grande», capaz de contaros lo que le ha pasado y (aunque a veces le cueste trabajo) también de esperar para hablar o para jugar cuando se lo indiquéis.

Aun así, la verdadera transformación acontecerá alrededor de los seis años, pues el niño comenzará a ser independiente. Vale, aún necesitará de vuestra proximidad, y su relación con otros niños seguirá siendo algo egoísta, pues le costará considerar a los demás. Pero todo esto mejorará, y hacia los siete años no solo disfrutará plenamente del juego en equipo, sino que además le encantará cumplir las reglas y no le importará perder o esperar su turno. Es una lástima que no seamos siempre así.

A los ocho años comenzará a tener verdaderos amigos con los que comparten secretos (lo siento, papis, ya no seréis las únicas personas que haya en su vida, aunque sí las más importantes) y adorará la sensación de pertenencia a grupos, de manera que disfrutarán realizando deportes de equipo, que es fundamental para prevenir esa obesidad de la que hemos hablado. También comprenderá mucho mejor los sentimientos y las opiniones de los otros niños y comenzará a respetarlas. Y esto será esencial para que sea un adulto sociable y empático, en vez de poco sociable e incluso violento porque no comprende el sufrimiento ajeno. El cómo será de mayor vuestro hijo dependerá de lo que hagáis hoy con él. Y cuando digo hoy, me refiero a hoy. A ahora mismo.

3. Cómo come

Antes de sentarnos a la mesa

Vamos a ver: si cuando era un bebé os preocupabais tanto por la comida (hay padres que pesan las hebras de pollo de cada papilla), ¿por qué cuando los niños entran en esa etapa de «malos comedores» (algo que ya hemos visto que es matizable) os conformáis con darle cualquier cosa, «con tal de que coma»? ¿No os dais cuenta de que con eso estáis renunciando a una alimentación variada, completa, equilibrada y a la vez apetecible; es decir, a todo lo que llevo defendiendo a lo largo de tantas páginas?

Iré directo al grano: no debéis apelar a trucos como enmascarar el sabor de los alimentos, pues deben conocerlos todos, y debéis respetar los horarios de las comidas (recordad la importancia de la rutina), que estas duren un tiempo normal y que no se asocien a enfados. También debéis evitar que los niños «piquen» entre horas (y menos aún, chucherías) y, sobre todo y por encima de todo, tener muchísima paciencia en esos años en los que comen menos porque debéis recordar que en verdad necesitan comer menos.

Lo que sí debéis hacer es inculcarle unos hábitos de alimentación sanos desde pequeño. Si no, el día de mañana será obeso o tendrán trastornos tan simpáticos como obesidad o, peor aún, anorexia. Y no, no exagero, veo todo eso en consulta, así que comenzad a enseñarle a comer ya. Hoy. Y todos los días. ¿Que dónde lo aprendéis vosotros? Muy sencillo: seguid leyendo.

Qué cosas puede comer

Ya sabéis que el famoso «no me come» en realidad solo es el reflejo de un descenso de las necesidades calóricas de los niños y de una etapa, completamente normal, en la que se produce rechazo a probar nuevos alimentos. Sin embargo, veo a diario padres que me dicen que sus hijos solo comen macarrones con salchichas y *nuggets* rebozados con patatas mientras contemplan los dibujos porque «Así al menos comen algo», según me dicen. Pues las narices: esas dietas están sobradas de calorías pero son pobres a nivel nutricional, aparte de que inculcan unos valores pésimos, como comer viendo la televisión. Y si recordáis que los padres eligen los alimentos (y el niño la cantidad) es fácil deducir dónde reside el problema, ¿verdad? Lo siento, pero vais a tener que esforzaros mucho más, os vais a tener que arremangar y planificar una dieta bastante mejor que eso. Y aquí tenéis unos cuantos consejos para elaborarla.

Espero que al menos aceptéis que el desayuno es una comida fundamental. Sin embargo, las prisas y el estrés suelen convertirla en un desastre. Pues no: la solución es que os dejéis de programas de televisión nocturnos y os levantéis media hora antes para que a vuestros hijos les dé tiempo a tomar un vaso de leche o un yogur, cereales o tostadas, y una pieza de fruta o un zumo natural. Y natural no es de bote. Así que a madrugar.

A media mañana (y a la hora de la merienda) será importante recurrir a la fruta, la leche, los zumos naturales, los bocadillos de pan de toda la vida y, de forma ocasional (y ocasional quiere decir una vez a la semana), algún bollo. Ni que decir tiene que si estos son de confitería o de panadería, mucho mejor que si son industriales.

A mediodía debería comer un plato rico de hidratos complejos, los llamados «de larga duración» porque se absorben de forma lenta y hacen que el niño disponga de energía de forma mantenida, evitando picos de azúcar que a la larga predisponen a la obesidad y a la diabetes. Estos hidratos complejos se encuentran en las legumbres, verduras, patatas, arroces y pastas. Las verduras deberían comerse a diario y las legumbres, dos o tres veces por semana. Y las patatas, mejor al horno, al microondas o cocidas, antes que fritas, pues estas dan mayores picos de azúcar en sangre.

El niño también debe comer proteínas a diario, aunque sin pasarse, pues diversos estudios han demostrado que los niños toman el doble (ojo, el doble) de las que necesitan. Una ración de carne, pescado y huevo son los ejemplos habituales. Las carnes deben ser magras y sin la grasa, que no solo aporta colesterol animal sino también muchos tóxicos como hormonas, que se almacenan ahí. Y mejor a la plancha que fritos, por supuesto. Tanto la carne como el pescado se pueden ofrecer unas tres veces a la semana, y los huevos, dos o tres veces. El aceite, de oliva, y no abuséis de la sal, que se acostumbran a tomar mucha.

Las cenas deben ser ligeras y nunca, bajo ningún concepto, se deben utilizar fritos o alimentos pesados porque entonces dormirán peor y os quejaréis. También se puede aprovechar para dar tomas de leche entera, yogures o quesos, ya que se recomienda que ingieran medio litro de leche al día. Pero lo que no se debe usar en mayores de dos años es el biberón. Sin ninguna excusa.

Como veis, si seguís estas indicaciones hará nada menos que cinco comidas al día en las que vosotros escogéis los alimentos, sí, pero el niño la cantidad. Y para que todo funcione bien es fundamental evitar el picoteo entre estas comidas: galletas, gusanitos, chucherías y todo ese elenco de lo que suelo llamar «el efecto abuela», en el que todo el mundo trata de agradar al niño mediante comida de bajo valor que no solo generará picos horribles de glucosa en sangre, perjudiciales para su páncreas, sino que además hará que llegue sin hambre a la hora de comer. Y que, por lo tanto, os desesperéis. Normal.

Cuándo y cómo debe comer

Se ha insistido demasiado en eso de la lactancia a demanda, y claro, hay padres que creen que eso de que el niño coma cuando le apetezca se puede aplicar a toda la infancia. Y no, no es así. Vale, os he dicho que podéis (y debéis) ser un poco flexibles, pero también que es bueno respetar los horarios (sí, la rutina), sobre todo a la hora de las comidas. Y mucho más en esas edades en las que parece que el niño no come.

En cuanto a cómo comer, es importante que la hora de la comida sea siempre sinónimo de relajación y nunca de pelea. Sentados alrededor de una mesa, sin televisión ni distracciones, y con una conversación grata o, cuando menos, neutra. Si la hora de comer se aprovecha para regañar o discutir, será normal que los niños muestren rechazo a la comida.

Y un apunte importante: a partir de los dos años deberá comer solo, utilizando utensilios adecuados para su edad. Sí, se manchará y se le caerán cosas encima, jugueteará con la comida y os desesperará..., pero debe aprender. ¿O es que queréis estar dándole de comer hasta que se eche novio?

El niño que no come (o que lo parece)

Aunque tratamos este asunto (y bastante, por lo que sería bueno repasarlo) al hablar de la etapa de lactantes, eso del «niño que no come» puede prolongarse durante años. Ya sabéis que los niños sí que comen, pero a partir de los dos años se reducen sus ne-

cesidades calóricas y, por lo tanto, mengua su apetito. Y eso les pasa a todos, no solo al vuestro, por lo que el hecho de que un niño coma o no coma termina dependiendo en muchos casos de la percepción subjetiva que tengan los padres. Así de claro os lo digo. Porque todos comen más o menos lo mismo.

Por eso, si no queréis pasaros años sufriendo con esto, recordad que los padres elegís el horario y los alimentos pero son los niños (y no vosotros, ni los abuelos, ni la vecina, ni el carnicero, ni la pescadera) quienes deciden la cantidad. La propia Asociación Española de Pediatria señala, textualmente, que «los niños tienen capacidad para ajustar la ingesta de los alimentos que consumen en respuesta a sus necesidades calóricas». Y añaden que «no se debe obligar al niño a comer, pero sí supervisar su alimentación con alimentos sanos y raciones razonables». Y razonable significa, literalmente, «que es suficiente en calidad o en cantidad». Pues eso. Suficiente. No abrumador.

Sin embargo, parece que unos padres que no presumen en la puerta del colegio de pelear todos los días con sus hijos para que coman, ni son padres ni son nada. Pues en eso estriba el error: vuestra tarea no consiste en atiborrar a vuestro hijo sino en escoger los horarios y los menús para educarlo en lo que a alimentación se refiere. Este es el aspecto que tenéis que trabajar (y ojo, que no es fácil), porque eso es lo que hará que vuestro hijo coma bien y se eduque en materia de salud, y de paso reducirá el riesgo de padecer obesidad, caries o diabetes. Como os podéis imaginar, esta tarea es más costosa que la de «simplemente» pelear a diario con vuestro hijo.

Si el niño come bien no necesitará ni suplementos de vitaminas ni gaitas. Sí, os podéis gastar un dineral en ellos, si eso os hace sentir mejor, pero recordad que pueden ser hasta contraproducentes si no se usan bien, y que dárselos no le enseñará a comer bien. Y eso es algo que vosotros sí que podéis (y debéis) inculcarle. ¿Recordáis el «tiempo de calidad» que comentamos al hablar de la etapa de lactante? ¿A qué esperáis para dedicárselo? Eso sí que os convertirá en buenos padres. Las peleas, no.

Previniendo la obesidad infantil

Suelo hablar de prevención de obesidad cuando unos padres me refieren que su hijo no come, así que tendríais que ver las caras que me ponen a veces. Pero ya sabéis que no suelo dar puntadas sin hilo, así que os explico el por qué hago esto. A ver, los padres os ceñís siempre al problema que os atañe en cada momento concreto. Hasta aquí, todo normal. Pero cuando os marcháis, a mí me sucede un fenómeno curioso: a lo mejor sale de la consulta un niño de dos años cuyos padres dicen que no come nada y que por eso le dan macarrones y *nuggets* de pollo como dieta. Y justo detrás entra uno de seis años que viene porque tiene alteraciones hepáticas a causa de la obesidad. Y al abrir su historia constato que, cuatro años antes, su madre consultaba porque no comía y le daba macarrones y *nuggets* de pollo. Es decir, viajo en el tiempo (metafóricamente hablando, claro) y veo lo que le va a suceder a vuestro hijo dentro de unos años si le seguís dando esa magnífica dieta porque, según vosotros, no come.

Por eso insisto tanto en la prevención de la obesidad. Los niños deben aprender a comer bien en todas las etapas de su crecimiento. Es decir, con pocas grasas (sobre todo, animales), a reducir los fritos y los productos industriales, y a relegar casi al mínimo la ingesta de dulces, helados, natas, mantequilla, cereales con suplementos de azúcar, miel, chocolate, fritos, rebozados o bollería industrial. Vamos, todo aquello que en realidad comen esos niños cuyos padres dicen que no comen. ¿O es que creéis que no me fijo en las bolsas de la compra que lleváis en los carros cuando entráis en la consulta? ¿O en lo que ponéis en la caja del supermercado cuando vais a pagar y yo estoy detrás esperando?

En estudios recientes (y serios) se ha constatado que los niños no solo comen demasiadas grasas de las llamadas «malas» o «industriales» (recordad que las buenas son las vegetales, especialmente el aceite de oliva y las de los pescados azules), sino que también se ha comprobado que, en esa obsesión por alimentarlos, llegan a comer a diario el doble de proteínas de las que necesitan. El doble. Esas proteínas no se aprovechan y lo único que hacen es sobrecargar los riñones. Exceso de grasas malas, exceso de proteínas, hidratos de bajo valor... ¿Tan difícil es darle de comer a un niño? Pues en el fondo, no, siempre que tengáis claro que vuestra misión no es que coma hasta reventar, sino que coma bien. Y ya hemos hablado de qué es comer bien.

Otro problema (y gordo) es que los niños de hoy en día hacen menos ejercicio que los de hace treinta años. Juegan menos en la calle y sus padres están poco acostumbrados a sacarlos a pasear o a jugar. Casi todos pasan las tardes realizando actividades extraescolares sedentarias (aprender idiomas o tocar instrumentos) o, peor aún, en sus casas, sentados frente al televisor y la consola. Pues bien, un niño debe moverse todos los días. Todos. Y adivinad quiénes son los responsables de que lo haga.

Los niños «aprenden» a ser obesos desde lactantes, así que enseñad a vuestros hijos a comer bien porque es responsabilidad vuestra y no del pediatra, ni del sistema sanitario, ni de la sociedad, ni de Sony Computer Entertainment (los creadores de la PlayStation). Así que debéis enseñarles a comer bien (ya sabéis cómo) y a moverse (sacarlos a jugar), porque el precio de no hacerlo es esa epidemia infantil que se llama obesidad. Hablaremos de ella más adelante.

Consejos para niños en edad preescolar y escolar

1. Su entorno y su seguridad

Seguridad en su entorno habitual

La seguridad de los niños durante su infancia es un problema que preocupa a los padres hasta el punto de que algunos pierden la cabeza, obsesionados con la idea de que a su hijo pueda sucederles algún accidente. Esto se traduce a veces en que se pasan el día corrigiendo o regañando a sus hijos con aquella cantinela de «no hagas esto» o «no hagas lo otro». Y eso, aparte de ser cansino, puede ser hasta perjudicial.

Los niños de entre dos y cuatro años tienen un gran inconveniente: se mueven. Sí, fijaos bien: corren, saltan y juegan. Vamos, que no se están quietos, con el añadido de que los menores de ocho años aún no tienen desarrollado del todo ni el equilibrio, ni la coordinación ni, menos aún, la sensación de peligro. Por eso un niño nunca debe estar solo. Ni en casa, ni en la calle, ni en el campo, ni en la playa ni en ningún sitio. Pero tampoco hay que hacer de guardaespaldas a un metro de él, y mucho menos impedirle que haga cosas que sí hacen otros niños a su edad, como dejarse caer por un tobogán o saltar en bomba a la piscina. Sí, sé que se pueden darse contra el bordillo o que uno puede caer encima de otro... y será tarea vuestra prevenir todo eso. Pero tampoco podéis evitar que jueguen.

La calle entraña riesgos, pero en la edad infantil, y por mucho que os sorprenda, el lugar donde se produce el mayor número de accidentes sigue siendo vuestra propia casa. Así que, de nuevo, cuidado con las cocinas, las ventanas y sobre todo con dónde guardáis los productos de limpieza, los medicamentos y cualquier otra cosa que pueda ser tóxica. Como las plantas, que muchas lo son. Y eso, por no hablar de las herramientas, los cables o los enchufes. Lo sé, aunque ya son más grandes, os queda mucha tarea por hacer en casa. Y mucho que vigilar.

Medidas de protección solar

Ya sabéis lo que son los rayos UVA y UVB, los fototipos y el índice ultravioleta (y si no os acordáis, podéis repasar este mismo apartado en el epígrafe dedicado a los lactantes). Y por eso sois unos padres plenamente conscientes de que la radiación solar no es buena para la piel de vuestro hijo. Bien.

Pues a partir de los dos o tres años vuestra labor de protección continuará, aunque con algunos matices. Durante toda la infancia deberíais utilizar cremas protectoras con un factor de protección mínimo de quince, que deberéis aumentar en función del fototipo de piel de vuestro pequeño (más factor cuanto más clara tenga la piel). En verano, la crema tiene que ser resistente al agua, y debéis aplicársela cada dos horas, se bañe o no. En invierno, en zonas donde el clima es cálido y predomina el sol, también deberíais utilizarla, sobre todo los días en que el niño realice actividades al aire libre como ir a jugar al parque, hacer gimnasia en el patio del colegio o, por supuesto, excursiones, sobre todo a la playa o a la nieve, pues la radiación del sol se refleja hasta un 50% en la arena y un 80% en la nieve.

También ayuda que utilicen ropa amplia y fresca que no les agobie cuando hace calor (por muchos motivos, como que sudarán y luego se enfriarán), pero que les cubra gran parte de la piel. Y por supuesto gorros, si no queréis que se les achicharre la cabeza y además sufran mareos e hipotensiones por el sol. Para evitar esto, además, es conveniente que estén bien hidratados y que les apliquéis cremas hidratantes para después de la exposición al sol. Recordad que hablo tanto del verano como del invierno. Por cierto, las gafas de sol también les protegen los ojos, donde la radiación puede acumularse y favorecer, a la larga, la aparición de cataratas. Eso sí, gafas buenas y homologadas. Que si no la liáis aún más.

Recordad, la protección solar les evitará quemaduras en la piel a corto plazo, o bien lunares y cosas más feas a largo. Si aun así le terminan apareciendo lunares, más adelante os enseñaré a vigilarlos. Pero la mejor forma de prevenir que un lunar haga cosas raras es (exacto) evitar el sol.

Prevención de accidentes

Entiendo que no os guste que os hable de mortalidad infantil. Pero como padres, tenéis la obligación (y el derecho) de saber cómo y de qué proteger a vuestros hijos. Por eso, en las revisiones de niño sano a partir de los dos años suelo recordar que la principal causa de mortalidad durante la infancia son los accidentes. Porque prevenirlos ayudar a salvar vidas, y sé que hablar de eso os gusta bastante más. De hecho, ya sabéis que la mayoría de los accidentes se producen en el hogar aunque, a medida que crecen y pasan más tiempo en la calle, es más fácil que se produzcan fuera. Y gran parte de ellos son evitables. Vamos a aprender cómo.

Las caídas seguirán siendo el accidente más común a esta edad, sobre todo entre los niños de dos a tres años, que hacen sus pinitos subiendo y bajando escaleras, trancos y escalones. Cuidado con los sofás o muebles a los que se puedan subir, y ojito con esas ventanas que ya hemos mencionado antes: poned topes que limiten su apertura.

Las quemaduras son más frecuentes en niños mayores porque pasean con mayor libertad por la cocina, sobre todo cuando hay líquidos hirviendo en ollas y sartenes, o porque tocan un utensilio caliente como un vaso recién sacado del microondas. También debéis tener cuidado con los enchufes, los cables a la vista y los utensilios eléctricos o que utilicen cargadores, como los móviles o las tablets. Insisto, no son juguetes.

Aunque a esta edad va siendo más complicado que ingieran productos tóxicos sin querer, pueden hacerlo porque confundan una botella de detergente con un refresco o, peor aún, que utilicéis una botella de agua mineral para preparar agua con fertilizante. Y ojo con los medicamentos: algunos niños, jugando a imitar a sus padres, pueden ingerir pastillas. Sí, sucede. Y más de lo que pensáis.

A la hora de comer, cuidado con los atragantamientos. Evitad los frutos secos hasta los cuatro o los cinco años, y las distracciones cuando se come. No es bueno hablar o reír mientras se traga. Enseñádselo. Y en el coche, utilizad siempre una silla homologada, de marca y adecuada a su peso y estatura. Pero lo más importante (mucho más incluso que la silla) es que conduzcáis con cuidado. Por buenos que sean una silla o un coche, no hay sistema de seguridad que soporte un impacto a alta velocidad. ¿De verdad tenéis tanta prisa como para poner en peligro la vida de vuestro hijo? No lo creo.

Y si el niño juega en el parque, el campo o donde sea, debe estar siempre vigilado, más aún si es en el agua de la playa, una piscina o un río. Los niños pueden ahogarse con muy poca profundidad y en un solo minuto (recordad, basta con que queden boca abajo), así que no deis lugar a sustos absurdos que, por desgracia, se ven todos los veranos. Por eso, también deben aprender a nadar cuanto antes.

Prevención del tabaquismo pasivo

Fumar es malo, genera enfermedades como el cáncer y además cuesta dinero. Entonces, ¿por qué obligáis a fumar a vuestros hijos? Sí, sé que no les ponéis un cigarro en la boca, pero muchos padres fuman delante de ellos, y más a medida que van creciendo. Os dije que lo veía a diario. Muchos padres me juran que no fuman delante de los niños pero el paquete de tabaco les sobresale del bolsillo. O veo que lo encendéis nada más salir del centro de salud. ¿O es que creéis que no os veo por la calle? Si fumáis, dejadlo. Ahora mismo. Me da igual que lo paséis mal: habéis adquirido una responsabilidad con vuestro hijo, y ahumarle los pulmones no forma parte de ella.

Pongamos que no fumáis o que lo habéis dejado. Genial. Por suerte, ahora es más fácil asistir a sitios como bares donde ya no hay una nube de tabaco flotando en el aire. Y sitios como los colegios o los centros sanitarios no solo están exentos de humo, sino que además está prohibido que se fume en los alrededores. Por eso, si veis (como yo a diario) a padres que fuman en la puerta del colegio mientras esperan a que salga su hijo, es del todo correcto pedirles que no lo hagan. No solo por el hecho de que está prohibido, sino también porque si hubiera un borracho sentado empinando una botella de vino frente a la puerta del colegio, seguro que no os gustaría que vuestro hijo bebiera de su botella, ¿verdad? Entonces, ¿por qué permitís que respiren el humo de otro señor?

Prevención de enfermedades graves

Vale, la principal causa de mortalidad en la infancia son los accidentes. Pero por desgracia también existen enfermedades potencialmente peligrosas. Y los niños, al estar gran parte de su tiempo rodeado de otros niños, están más expuestos al contagio de cualquier cuadro, ya sea leve o grave. Esto es algo que sabemos muy bien quienes trabajamos con ellos. Y cuando un niño padece un cuadro viral (aunque en teoría sea banal), sus defensas pueden descender durante unos días. Pues bien, el contacto con un germen «serio» en uno de esos momentos de defensas bajas podría sorprender a su sistema inmune. De ahí la importancia de recuperarse bien de cualquier cuadro, aunque sea un catarro leve, antes de volver al colegio. Vamos, que no les falta razón a las abuelas cuando dicen que no hay nada peor que un catarro mal curado.

La forma de prevenir enfermedades serias, como una neumonía o una meningitis, no consiste en meter al niño en una burbuja. Ni siquiera en ponerle siete bufandas. En realidad se hace de formas bastante más sencillas, como evitando que los niños enfermos acudan al colegio hasta que estén recuperados, mediante el lavado de manos para evitar el contagio y con una correcta vacunación. Aun así, por desgracia, todos los años los pediatras nos encontramos con casos graves. Aunque por suerte su incidencia va descendiendo conforme el niño crece y se usan vacunas mejores, es oportuno que los padres conozcáis los síntomas que os pueden avisar de que algo no marcha del todo bien.

En la etapa de lactantes os señalé que la fiebre no es un buen indicador de gravedad. Pues en la infancia sucede lo mismo: un proceso grave y avanzado podría incluso generar una temperatura baja, mientras que un niño con una amigdalitis de esas que vemos a diario puede tener más de 40 ºC. No obstante, la fiebre elevada y mantenida durante días, o con picos muy bruscos que se repiten en el tiempo, puede ser indicativa de procesos poco habituales. Y muchos cuadros graves empiezan pareciendo simples catarros. Por eso es bueno que consultéis siempre, y más aún si no mejoran en poco tiempo.

Y si aparecen síntomas como decaimiento, mal color de piel o la presencia de petequias (manchas en la piel de entre uno y dos milímetros, y de color vino, que van apareciendo sin motivo aparente en brazos, piernas, tronco o cara, y que no desaparecen al pasarles el dedo por encima), entonces la consulta ha de ser inmediata y en un servicio de urgencias. O si existe rigidez de nuca, es decir, dolor intenso al intentar doblar el cuello (y digo «intentar» porque les duele tanto que por lo general no son capaces de hacerlo). Sobre todo, si a esta rigidez de nuca la acompaña un dolor de cabeza intenso que además aumenta cuando ve la luz directa.

Lo sé, no os gusta leer estas cosas. Pero tampoco a mí me gusta encontrarme con niños con cuadros avanzados porque sus padres desconocían estos síntomas. Soy pesado con este asunto porque ante infecciones severas, esas que llamamos *sepsis*, cada minuto cuenta. Y a lo mejor, con solo leer estos párrafos, ganáis esos minutos para vuestro hijo. Y no os imagináis lo que puede suponer eso. Así que grabadlo a fuego: cuando haya decaimiento, mal color de piel, petequias, rigidez de nuca o cualquier otro síntoma que os alarme, a urgencias.

2. Higiene y cuidados de la piel

Los niños tienen otro pequeño inconveniente: les gusta jugar. Es más, a partir de los dos años les gusta hacerlo corriendo, saltando o en los columpios. Y a partir de los tres, rebozándose como croquetas en el suelo y junto con los amigos. Y si no estáis dispuestos a soportar eso, más valdría que os hubierais pensado mejor lo de tener niños. Porque tienen que jugar, correr, caerse, pelearse, empujarse y luego quererse como si fueran hermanos. Y la ropa, que parecía nueva al salir de casa, volverá hecha un batiburrillo marrón, si es que no se ha roto.

Eso es inevitable. Lo que debéis hacer para que esa suciedad no pase de la ropa a otros sitios peores es inculcarle unos hábitos de higiene, a partir de los dos años, para evitar el contagio de enfermedades: por ejemplo, lavarse las manos después de jugar, de

ir al baño y antes de comer (aunque sea la merienda), y el baño diario con especial énfasis en el área genital, sobre todo las niñas, y siempre de delante hacia atrás. Después del baño o en cualquier momento del día podéis aplicar cremas hidratantes, en función del tipo de piel de vuestro hijo o de la época del año. A medida que los niños crecen, los padres tienden a hacerlo menos, y a veces los niños con cierto componente alérgico o atópico de la piel muestran mayor sequedad en brazos, codos o cara, de manera que terminan rascándose y hasta haciéndose heridas. ¿Os acordáis de la dermatitis atópica? Pues una hidratante suave, y que tampoco tiene por qué ser cara, les ayuda a sobrellevar mejor esas épocas de mayor picor.

La ropa, esa que tanto va a sufrir, debe ser de tejidos naturales. Hay que evitar los sintéticos y el exceso de abrigo, ese que tan poco me gusta, pues produce sudoración que, en contacto con la piel, genera unos sarpullidos que me harto de ver en consulta y que desaparecen limitándose a dejar que la piel ventile. Recordad también cortarles las uñas si no queréis que al rascarse se hagan heridas o, peor aún, arañen a otros niños de forma accidental al jugar con ellos. Y creedme, eso, aparte de que os generará mucha vergüenza, también es fuente de contagio de enfermedades. E insisto, lavado de manos. No sabéis la de contagios (de todo tipo) que se evitan con ese gesto tan simple. Tanto las suyas como las vuestras.

3. Ropa, calzado y mochilas

Vuestro hijo colaborará para vestirlo a los dos años y, salvo botones y zapatos, lo hará él solo a los tres. A los cuatro sabrá hacerlo todo, y a los cinco sabrá atarse los cordones. Es normal que quiera escoger lo que se ponen, y de hecho es bueno enseñarle a escoger la ropa adecuada desde pequeño. Recordad que debéis escoger una cantidad de ropa adecuada a la temperatura y acorde a la que llevéis vosotros. Si vosotros vais cómodos con una camisa y un jersey fino, no es justo que vuestro hijo lleve además un abrigo, una bufanda y un gorro para la nieve que apenas le dejen ver. Recordad: el frío es malo. Pero el exceso de calor, también.

En cuanto al calzado, lo más importante es que lo compréis en una tienda de confianza y que sea cómodo y de su número para evitar sorpresas, como niños que andan mal porque les aprietan los zapatos (no imagináis la cantidad de estos que veo) o zapatos que no transpiran y favorecen el sudor, los hongos, las heridas y las llagas en los pies (de los que también veo a patadas). La horma debe ser amplia para permitir el movimiento de los dedos y, por delante de ellos, debe quedar al menos un centímetro de espacio. Y ojo, no más. Si los compráis grandes pensando en que va a crecer, llevaréis razón: va a crecer. Pero caminará mal.

Por último, recordad que el peso de la mochila no debe superar el 10-15% de su peso corporal. Vamos, que no son porteadores egipcios: si un niño pesa veinte kilos, podrá llevar tres kilos como mucho a la espalda. Y punto. Además, deben llevarse puestas con las dos cintas y no solo una, por muy *cool* que resulte llevarla así, pues favorece la aparición de contracturas, dolor y, a la larga, escoliosis (de la que ya hablaremos). Y lo mismo sucede con los carros, que deben llevarse con las dos manos para no sobrecargar solo un lado de la espalda, lo que favorece las contracturas.

4. Sus caderas, piernas y pies

Muchos padres de niños entre los dos y los cuatro años nos refieren que caminan con los pies hacia dentro, hacia fuera, que se caen con frecuencia, que corren de forma descoordinada o que se sientan con las piernas en posturas extrañas. Después de ver cómo camina el niño y descartar los casos en los que los zapatos le aprietan o le vienen grandes (que son la mayoría), cuando señalo que esa marcha es normal para esa edad es raro que los padres no me miren con un arqueo de cejas. Curioso. Y es que cualquiera entiende que los niños tarden años en aprender a hablar o a no orinarse encima. Sin embargo, muchos dan por sentado que, en el momento en que su hijo apoya los pies en el suelo, va a caminar erguido como un mayordomo inglés.

Pues sí, la marcha se desarrolla con el tiempo y, salvo que exista alguna anomalía (que por algo se explora a los niños), lo normal es que todos esos «defectos» (que en realidad no lo son) se corrijan con el tiempo. Y es que las caderas de los niños son más elásticas que las nuestras, lo que permite que, por ejemplo, giren los pies hacia dentro. Esa elasticidad va disminuyendo y se corrige alrededor de los ocho años, de forma que los niños mayores y los adultos tendemos a hacer lo contrario: girar los pies hacia fuera.

Lo mismo sucede con los pies planos. Ya sabéis que al principio son normales, pues la curvatura del pie se empieza a formar alrededor de los cuatro años. Pues bien, no imagináis el desfile de padres que me dicen que su vecina (o amigo, o portero, o abuela) le han dicho que su hijo de dos años tiene los pies planos. «Claro que los tiene —les respondo—. Como todos los niños de su edad.» Por supuesto, me miran con arqueo de cejas. Curioso.

Con lo que no suelo ser tan condescendiente es con las cojeras. A veces los niños cojean, y aunque la mayoría de esas cojeras son leves y se resuelven en unos solos días porque se deben a pequeños golpes, exceso de ejercicio o son solo un reflejo de una infección leve previa, hay que tomárselas muy en serio: si una cojera no es leve o no desaparece al cabo de unos días, debéis consultar para que vuestro pediatra descarte cosas. Es más, una cojera siempre debe ser motivo de consulta. Y si se pasa sola, pues mejor. Pero consultad.

5. Los «dolores de crecimiento»

Ay, los «dolores de crecimiento», un cuadro que afecta a uno de cada cinco niños de entre tres y diez años, y que viene hasta descrito en los libros de pediatría, cuando lo curioso es que el hecho de crecer no duele. Y si crecer no duele, ¿por qué todo el mundo los da por buenos?

En realidad son episodios de dolor, sobre todo en las piernas, de carácter leve, que suelen aparecer por las tardes o las noches y que ceden o bien solos o bien con calor seco, masaje suave o con algún analgésico suave. Se cree que en realidad se deben a pequeñas sobrecargas en los músculos y articulaciones de los niños, que aún no están preparadas para soportar la actividad física (estupenda y recomendada) que los niños llevan a cabo durante el día.

Como es de imaginar, suelen ceder o bien con el tiempo o bien enseñando al niño a calentar antes del ejercicio. Pero si son intensos o prolongados, o requieren medicación de forma continua, debéis consultar. Lo curioso es que los dolores «de crecimiento» desaparecen... conforme el niño crece. Irónico, ¿verdad?

6. Algunos consejos para su educación

Consejos generales

Ya comenté en el apartado de lactantes que la educación es un asunto complejo y que en realidad os concierne a los padres. Sin embargo, la experiencia demuestra que no solo es posible sino que también es hasta positivo dar consejos médicos que os ayuden en este proceso. Vosotros decidís cuál seguiréis, por supuesto. Así que, al igual que hice cuando hablaba de los pequeños, os comentaré aquello que sé que funciona con la casi totalidad de los padres.

Lo primero que debo hacer es recordaros (una vez más) que un niño necesita normas. Si os fijáis, no digo que sean buenas, sino que las necesita. Escasas, sencillas de cumplir y comprensibles para su pequeña mente inquieta. Pero las necesita porque le ayudarán a decidir y, por lo tanto, a madurar. Cuando un niño mayor de dos años cumple las normas se siente bien. Eso sí, las normas han de ser constantes. No se pueden cambiar porque un día sea festivo o porque estéis con amigos o con otros niños. Si luego las incumple será culpa vuestra, por confundirle.

La disciplina (inherente a las normas) es complicada de manejar durante toda la infancia. Los niños mayores de dos años deben obedecer, aunque todos sabemos que en algún momento (bueno, muchos) desobedecerán. Por eso es importante no ser muy rígidos con los castigos (que no siempre deben tener connotaciones negativas), pues a veces existe una causa justificada para su desobediencia. Pero tampoco podéis ser laxos porque entonces el niño se volverá exigente y poco tolerante con los demás y con sus propias frustraciones. Y creedme, eso es peligroso: he visto a muchos más niños de los que pensáis pegarles a sus padres en la consulta. Y por supuesto, he visto a muchos padres llorar. Así que cuidado con los excesos de permisividad. Flexibilidad, sí. Permisividad, cuidado. Recordad que en la consulta «viajo en el tiempo». Y cuando veo niños pequeños a los que no se les ponen límites sé que serán unos tiranos cuando crezcan. Así que las normas y la disciplina son buenas, siempre que sean justas, adecuadas y flexibles (pero no laxas). Es decir, que son tan necesarias como darles de comer, bañarlos o vestirlos.

Los niños (incluso los muy pequeños) se pueden frustrar. Pero las frustraciones también forman parte de la vida, siempre que sean adecuadas para la edad del niño. Por ejemplo, un niño de dos años se puede frustrar porque no le compréis una bolsa de chucherías. Pues bien, esa es una frustración normal que, si no hacéis demasiado caso, se pasará en unos minutos. Pero si cuando llora le compráis las chucherías, cada vez montará follones mayores para conseguirlas. Y por cierto, luego comerá peor. De acuerdo, las rabietas son normales, son su forma de mostrar la frustración. Pero también van cediendo con la edad, por lo que deberían dejar de aparecer alrededor de los cinco años. Ahora bien, ¿cómo manejarlas?

Cuando un niño tiene una rabieta hay que dejarlo tranquilo y no prestarle especial atención. En realidad, él también lo pasa mal, y al cabo de un rato solo querrá que lo abracéis y le consoléis. Pero si lo hacéis durante la rabieta (o peor aún, cedéis al chantaje y le dais lo que pide), entonces habréis logrado enseñarle que si monta un lío conseguirá premios y vuestro cariño. Y eso no es malo, es terrible. Creedme, es mejor que sufráis vosotros durante unos minutos viéndole llorar de forma rabiosa cuando tiene dos o tres años que tener un niño de ocho años que se tira al suelo como si estuviera poseído o, peor aún, que os levanta la mano. Os aseguro que sucede. Y no os gustaría nada que os sucediera. Cuando se calme la rabieta, sí que debéis razonar con él. Ver qué ha pasado, explicarle por qué no le habéis dado el capricho y cómo puede ganárselo por otras vías más razonables.

Otro asunto complicado para los padres son los castigos. Por supuesto no hablo de castigos físicos, que no solo están prohibidos sino que además no tienen sentido. Los castigos sí son útiles, pero solo si se aplican de forma inmediata a una mala conducta, si son proporcionales a dicha conducta y además tienen un fin positivo. Por ejemplo, decirle a un niño que piense diez minutos (una eternidad para él) sobre lo que ha hecho mal es mucho más efectivo que gritarle. Pensad que durante toda la infancia él solo anhela agradaros, y gritarle (y no digamos pegarle) solo le alejará de vosotros. Sin embargo, mandarle a pensar con palabras calmadas le hará reflexionar.

Los castigos deben ser proporcionales y sencillos de llevar a cabo. Es absurdo castigar con algo que no vais a cumplir, como decirle que no va a salir a la calle en un mes. Cuando vea que no es cierto, no se tomará en serio vuestras amenazas de castigo. Y nunca os llevéis la contraria entre ambos padres. Si lo hacéis, el niño siempre buscará al progenitor más permisivo para hacer lo que sabe que no debe. Aquí no hay poli bueno ni poli malo, sino dos padres con la misma responsabilidad y obligaciones. Y por supuesto, cuando haga las cosas bien también hay que decírselo. Eso le reforzará mucho más que los castigos porque, como habéis aprendido, en realidad él solo quiere agradaros.

Por último, recordad que la educación no se enseña, se aprende. No vale de nada decir que fumar es malo si luego vuestros hijos os ven hacerlo. Son vuestras acciones, y no vuestras palabras, las que imitarán vuestros hijos. Así que no se trata de decirles que no deben comer chucherías... sino de no comerlas vosotros. Y así, con todo. Todo.

Higiene, el uso del retrete y ejercicio físico

Los niños deben aprender a realizar su propia higiene desde los dos años (sí, así es): lavarse las manos antes de cada comida y después de ir al baño o lavarse los dientes ellos solos con cepillos blandos y de tamaño adecuado. Estas obligaciones se irán incrementando con la edad, algo que además les gusta porque esta es la edad del «Yo solo, yo solo». Eso sí, supervisadas por vosotros, porque de lo contrario el lavado de dientes puede terminar en un simple balanceo del cepillo mientras se contempla al espejo.

Aunque ya hemos hablado del uso del retrete, debéis recordar que no hay que obligar al niño a que aprenda a usarlo antes de los dieciocho meses de edad, pero tampoco esperar a después de los dos años. Hay que hacerlo de forma gradual y siempre contando con él, pues ese aprendizaje suele gustarles mucho y les permite ganar mucha autonomía y confianza.

En cuanto al ejercicio físico, no me canso de repetir que es necesario para su desarrollo físico, emocional y social. Queman calorías, sus músculos crecen, aprenden a tolerar las frustracio-

nes (cuando pierden) y se relacionan con otros niños. Durante toda la infancia, los niños deben jugar con otros niños. Y en la calle. Sí, sé que es un engorro porque andáis muy ocupados con vuestros maravillosos trabajos. Pero no creo que vuestro trabajo valga más que vuestro hijo, y tenerlo encerrado en casa, viendo la televisión o con videojuegos no es lo mejor que podéis ofrecerle.

Los niños que juegan en la calle son más alegres, más sanos y encima comen mejor (y sé que esto os importa), y duermen mucho mejor (y sé que esto os importa mucho más). Pues hala, a la calle, al parque o adonde sea. Y no un día, sino como rutina. Y veréis lo largos que se hacen los días en que no podáis salir.

La educación emocional y de habilidades

Los niños son un todo y, aunque en consulta hemos de evaluarlos «a pedazos» (talla, peso, desarrollo, etcétera), en realidad son mucho más que la suma de esas partes. Pocos padres e incluso no muchos pediatras suelen reparar en el desarrollo emocional de los niños. Me fijo mucho en este aspecto desde que el niño entra por la puerta. Y es que las emociones también se desarrollan desde el nacimiento, aunque este desarrollo aumenta de forma exponencial a partir de los dos años, y hay que cuidarlo de una manera muy especial. Sí, ya sé que le habéis dado mucho cariño a vuestro hijo y que os planteáis seguir dándoselo. Pero es que la educación emocional va más allá de limitarse a dar cariño. Y este, a veces, puede ser hasta perjudicial. Veamos por qué.

Un niño de dos años presentará un apego enorme hacia los padres. Tanto, que no deseará estar con otras personas. Por eso es bueno acostumbrarlo desde pequeño a que se relacionen con otros niños y adultos, sobre todo jugando. Aun así, a esta edad será incapaz de pensar en los demás y su pensamiento será bastante «mágico», es decir, confunde realidad con deseos, lo que le lleva a mentir sin darse cuenta: al preguntarle si ha recogido los juguetes (y aun sabiendo que no lo ha hecho) responderá que sí porque es la respuesta que agrada a los padres.

También es normal que entre los dos y los cuatro años presente, además de esas rabietas que ya habéis aprendido a manejar, episodios de «negativismo» en los que se opone a padres, abuelos o educadores, como por ejemplo a la hora de las comidas. Os suena, ¿verdad?. Pues bien, esta actitud se puede manejar suavizando las situaciones; por ejemplo sugiriéndole qué debe hacer, en vez de imponérselo a la fuerza.

Vuelvo a insistir en que para aprender inteligencia emocional debe aprender a controlar las frustraciones. Los niños no pueden vivir en una burbuja donde no existen los disgustos ni los malos ratos. Si a un niño se le cae la bola de helado al suelo y llora, es una frustración normal que debe aprender a manejar. Puede que no aprenda a sostener mejor el helado (eso lo logrará con el tiempo), pero sí debe aprender que es normal ponerse triste porque se ha quedado sin helado, sin que eso suponga un berrinche intolerable e imposible de manejar. Es una tristeza que hay que pasar, pero que debe ser leve y pasajera, porque una bola de helado es importante (para él), pero no vital.

Y si esto es importante con tres años, imaginaos a los ocho o los diez. A esa edad los niños tienen más responsabilidades y deben afrontarlas. No puede montarnos un lío si no le compráis la última PlayStation, y menos aún si las notas no han sido las esperadas. Esas frustraciones, insisto, son adecuadas a su edad y deben aprender a manejarlas. Si no, serán unos adolescentes y adultos que no tolerarán reveses o, peor aún, que no aceptarán la opinión de los demás porque estarán acostumbrados a salirse con la suya. Y eso a la larga no es malo, sino terrible. Así que cuidado con la educación de las emociones. No se trata de evitar las negativas, porque eso es imposible. Se trata de enseñarles a manejar las que son propias de su edad. Y eso sí que se aprende.

Enseñándole a dormir

El sueño durante la infancia

Ya habéis aprendido que el sueño de los niños es evolutivo. Pues bien, a los dos años, y después de esa época de los despertares nocturnos, un niño suele dormir unas doce o trece horas, y solo precisa de una siesta breve durante el día. Entre los cuatro y los cinco años dormirá unas once horas por la noche, y lo normal es que ya no tenga la necesidad de echar ninguna siesta a lo largo del día, salvo que, o bien por costumbre o bien porque estén cansados, hagan una (y corta) a mediodía. Entre los seis y los doce años acontecerá una época bastante estable, sobre todo si juega en la calle y realiza actividad física (¿veis como aprovecho para intercalar pequeños mensajes subliminales?), pues terminará el día agotado y dormirá unas diez horas seguidas, por la noche, y además sin preocuparse por que se haga pis en la cama.

Es importante tener en cuenta que vuestro pequeño, de forma completamente normal, puede presentar fenómenos como ronquidos, que se ven hasta en un 7-10% de los niños sin que haya ningún problema detrás, o *somniloquias* (mirad, un nuevo término), que son esas palabras o frases cortas que a veces dice mientras duerme. Lo hacen un 15% de los niños, y tampoco tienen por qué reflejar ninguna patología, aunque en algunos casos (raros) se pueden asociar a sonambulismo. También puede presentar sobresaltos, en forma de espasmos o patadas, que a veces incluso lo despiertan, soñando que se cae. Por supuesto, también son normales.

Hay otros cuadros, como el insomnio, las pesadillas y los terrores nocturnos, que trataremos con más detalle. Pero ya os adelanto que se pueden prevenir con unos buenos hábitos de sueño, esenciales además para que por fin descanséis todos en casa. Vamos a ver cuáles son esos hábitos, y luego veremos cómo solventar esos otros cuadros.

Adquiriendo hábitos adecuados de sueño

Los hábitos de sueño se aprenden. Por eso insistí tanto en ellos al hablar de la etapa de lactantes. Os aseguro que todo lo que hayáis hecho hasta ahora os va a resultar de utilidad. Pero aún podéis hacer más.

Primero: no podéis (ni debéis) darles medicamentos a vuestros hijos para inducirles el sueño. Sí, sé que venden algunas infusiones que parece que ayudan a relajarlos, pero en realidad no hacen casi nada y tampoco son recomendables, así que no le veo sentido a que os gastéis dinero en ellas. Y menos aún a que acostumbréis a vuestros hijos a que para dormir hay que tomar algo.

Segundo: para dormir es esencial la rutina, algo que, como veis, saco una y otra vez a relucir porque en verdad es necesaria. Debéis respetar los horarios de irse a la cama. Baño, cena, cuento... y en los momentos previos de acostar a los niños hay que evitar cualquier excitación, pelea, amenazas o gritos para que se acueste de una vez.

Tercero: por ese mismo motivo, no es bueno que los niños vean la televisión antes de acostarse. Primero, porque los programas que emiten a esas horas no son adecuados para ellos. Es más, la televisión en general no es adecuada para ellos. Y segundo, porque la televisión (o los videojuegos) excitan, pues se basan en imágenes vivas, rápidas y con cambios de ritmo para mantener la atención.

Cuarto: aunque la hora de acostarse debe respetarse, en verano puede retrasarse (como máximo una hora) para amoldarlos a los ritmos de luz. Pero seguirá siendo importante respetar ese nuevo horario, si no queréis que la vuelta al colegio (que les obligará a acostarse antes) resulte un infierno.

Quinto: cuidado con los niños que están cerca de la pubertad, pues pueden cambiar sus hábitos de sueño, de forma que intentan acostarse y levantarse más tarde. A veces, incluso engañando a los padres, haciéndoles creer que duermen.

Superando los problemas del sueño

Los niños de dos a cuatro años siguen presentando algunos problemas durante la noche, algunos de ellos muy frecuentes, como el insomnio: esos niños a los que no les entra sueño y por lo tanto no quieren irse a la cama. Esto sucede, por una parte, porque están en plena fase de negativismo y de autonomía (como ya hemos dicho en el apartado dedicado a la educación). Quieren ser ellos quienes decidan y, si no les convence lo de irse a la cama, harán lo imposible para no dormirse. Son así. Pero tranquilos, que esta etapa se supera con paciencia e insistiendo en los hábitos de sueño, pues a medida que crecen dejan de hacerlo.

Otro problema frecuente son los despertares nocturnos. Aunque en teoría no deberían verse en niños mayores de dos años, es posible que acontezcan. E igual que cuando eran menores, debéis tratar de evitar acudir cada vez que os reclame, si no queréis pasaros las noches en vela. Eso sí, si el motivo es que quiere ir al baño, entonces más os vale ser rápidos. Ni se os ocurra despertarlos a media noche para que orinen. Es duro para las sábanas, pero deben despertarse ellos solitos.

Entre los dos y los cuatro años también podéis encontraros con los terrores nocturnos, episodios en los que los niños lloran y se agitan, casi desesperados, y parecen no reconoceros. Tranquilos, son normales y se pasan en unos minutos, por lo que solo debéis ayudarles a tranquilizarse. Por cierto, luego no se acuerdan de nada, así que no sufráis. Parece que se relacionan con estrés, como sucede por ejemplo cuando tienen fiebre, así que ya sabéis cómo prevenirlos, aunque sea en parte: evitando la ansiedad y usando antitérmicos en caso de fiebre para que duerman mejor.

Otra cosa bien diferente son las pesadillas, que son sueños que el niño sí recuerda cuando le despiertan, además, angustiado. Suelen verse a partir de los cuatro años y van aumentando hasta los ocho, edad a la que son muy frecuentes. Las pesadillas siempre se relacionan con temores, miedos y conflictos, por lo

que en teoría son fáciles de evitar: no les dejéis ver ni películas ni programas violentos (cosa que no me canso de advertir). Tratad de no discutir en casa y, mucho menos, delante de los niños.

Juego, televisión y ocio

Ya sabéis que el juego es esencial en el desarrollo de los niños a cualquier edad, y aprendisteis que hasta los dos años los niños suelen jugar solos y con sus padres. Pero a los dos años por fin jugarán con otros niños, aunque sea en paralelo, es decir, cada niño por su lado. A partir de los tres años comenzarán a cooperar y a utilizar reglas de juego, y a los cuatro estas reglas crecerán en complejidad, aunque, seamos sinceros, no tendrán problema en saltárselas. Sin embargo, sí que les importará más la sensación de pertenencia a un grupo.

A los seis años se esforzarán por destacar cumpliendo las reglas, de forma que serán muy honestos con sus compañeros de juego y reticentes a hacer trampas. Y a los ocho años se sentirán especialmente bien formando parte de un equipo, por lo que será una edad ideal para que se inicien en algún deporte colectivo. Ese deporte debe gustarles a ellos, no a vosotros. Y si se cansan o se aburren, pues se cambia y punto. Pero la idea es que disfruten.

En casa también jugarán, y aquí tendréis que cuidar algo muy importante que puede marcar su desarrollo como personas: la televisión. Esta no es mala de por sí, pero muchos de sus contenidos sí lo son. Los niños deben ver programas adecuados para su edad (ni Los Simpson ni Sin-Chan son para niños, aunque os lo parezca) y además durante poco tiempo al día. Lo ideal, menos de media hora. ¿Os parece poco? Teniendo en cuenta que la televisión no debería estar encendida a la hora de las comidas, que el niño debe salir a la calle, jugar, moverse y hacer ejercicio físico, y que en casa debería jugar con juguetes educativos, la conclusión es que, en realidad, debería resultar difícil encajar media hora de televisión en su día a día, ¿no? Pues eso. Pero aún nos queda algo incluso más importante que tratar. Los videojuegos.

Los videojuegos

Me considero un *friki*: juego a videojuegos desde los nueve años, he colaborado en la programación de videojuegos, y he escrito en revistas de videojuegos de tirada nacional y en blogs y webs de videojuegos. Vamos, que sé de qué va esto, pues soy un fanático de los videojuegos y la tecnología. Pero precisamente por eso sé que pueden resultar peligrosos.

Los videojuegos gustan, y los niños tienden a querer usarlos. Más hoy en día, que se pueden jugar en casi cualquier dispositivo, desde el móvil hasta una PlayStation de última generación. Y son gratificantes porque superas niveles y consigues logros. Y porque se puede jugar en línea y con amigos, lo que engancha aún más. Por eso, y dado que soy un firme defensor de los videojuegos, os insto a que limitéis las horas de juego si no queréis que el niño relegue otras actividades de su vida cotidiana como jugar en la calle, asearse o hacer la tarea, para jugar a la consola. Seré directo: un niño puede ser adicto a jugar. Lo he visto ya en demasiados.

Eso, por no hablar del horror que me despierta cada vez que sé de un niño que juega a juegos como *Call of Duty*, en el que se mata a personas en combate, o a *Grand Theft Auto*, donde además de asesinar porque eres un mafioso, también traficas con drogas, robas coches o te acuestas con prostitutas a las que luego puedes pegar. No son graciosos, ¿verdad? Pues todos (insisto, todos) los niños de mi consulta que están en edad de jugar han jugado alguna vez a alguno de esos dos juegos. Lo más gracioso es que en la portada de esos juegos advierte, con un letrero rojo enorme, que la edad recomendada para jugarlos es de dieciocho años. Dieciocho, papis, no diez ni ocho. Y no me vale la excusa de «es que yo voy a jugar con él». ¿Os sentaríais a ver una película pornográfica al lado de vuestro hijo de ocho años? Pensad bien en las escenas que salen. No, ¿verdad? Pues es lo mismo. Repito, es lo mismo. Son para mayores de dieciocho. Asesinas a gente y sale sexo explícito. Muy explícito.

Y os diré una cosa: en realidad, son solo juegos. Es decir, que la vida no es así. Pero claro, eso es fácil de entender para nosotros, pero no para un niño de doce años. Es evidente que el hecho de que su personaje (protagonista y, por lo tanto, modelo que debe seguir) se acueste con una prostituta y luego le pegue le va a transmitir un mensaje cuando menos erróneo: que esas cosas que está viendo son habituales, cuando en realidad no solo son la excepción, sino que además resultan execrables. Así que usad los videojuegos igual que la televisión: permitiendo a vuestros hijos contenidos adecuados a su edad, y menos de media hora al día. Y sed muy serios en este aspecto. Mucho. La educación de vuestro hijo no es ningún juego.

Los celos entre hermanos

Este es uno de esos asuntos que, no sé por qué, siempre termina cogiendo por sorpresa a muchos padres. Todos los niños, por buenos, santurrones y cariñosos que sean, alteran su comportamiento cuando nace un hermano pequeño. De hecho, deberíamos preocuparnos si no lo hacen, más adelante entenderéis por qué. De momento, pensad en que llevamos páginas y páginas insistiendo en su rutina y vivís centrados en vuestro hijo. Y de repente llega un embarazo. Es el primer cambio importante. Y por mucho que se lo anticipéis, se lo contéis de forma graciosa y vuestro hijo lo celebre con vosotros, un día aparece un hermanito y todo vuelve a cambiar: su rutina, la estructura familiar, el foco de atención... Todo lo que vuestro hijo conocía se desmorona.

Por eso no es raro que los hermanos mayores, sobre todo si tienen entre dos y cinco años, presenten cambios de humor, rabietas o incluso protagonicen comportamientos propios de un niño de menor edad, como querer tomar de nuevo el biberón, el pecho o volver a hacerse pipí encima. En realidad, si os fijáis solo quiere volver a ser pequeño para que le prestéis esa atención que (de forma brusca) ha girado hacia el menor. Esas reacciones a veces son tan llamativas que los mayores pueden llegar a agredir a sus hermanos o incluso morder la barriga durante el embarazo. Por eso no debéis dejar nunca a un niño pequeño al cuidado de su hermano menor, ya que podría hacerle daño, aunque no sea esa su intención.

Lo más importante para combatir estos comportamientos es no hacer el más mínimo caso, ya que solo buscan llamar vuestra atención. Los enfados, los castigos o interrumpir lo que estáis haciendo, aunque solo sea para recriminarle su actitud, en realidad solo logrará que repita esa conducta, pues habrá comprobado que funciona. Así que no le hagáis caso y no tardará en aburrirse del papel de niño pequeño, ya que en realidad no le gusta. Resultará mucho más efectivo alabarle cuando haga cosas más propias de su edad ya que, como habéis aprendido, a partir de los dos años les encanta sentirse mayores.

Hay otras formas de minimizar los celos, como no hacerle creer que podrá jugar con su nuevo hermano en cuanto este haya nacido. La primera decepción llegará cuando descubra que el bebé apenas se mueve (recordad que al principio duermen veinte horas al día). Algo que sí suele ayudar es llevar al mayor al hospital para que conozca al pequeño, y así vaya asumiendo el papel de cuidador, por ejemplo, abriendo los regalos de su hermano.

Una vez en casa debéis intentar volver a la rutina del mayor lo antes posible, pero además haciéndole partícipe de la rutina del pequeño. Por ejemplo, asignándole tareas como alcanzaros la toalla o el peine o que os ayude a cambiarle el pañal. Así se sentirán a la vez mayores, protagonistas y además responsables de los pequeños. Es decir, que en vez de verse relegados a un segundo plano, adquieren protagonismo en la estructura familiar. Vamos, que se han hecho mayores. Y os aseguro que eso les encanta.

Por último, y como os señalaba, no es normal que los niños no expresen los celos. No me suele convencer demasiado (de hecho, no suelo creérmelo) cuando unos padres me refieren que el mayor no muestra celos. En realidad, preguntas y preguntas, y al final sí que aparecen los comportamientos típicos. Si no lo hacen, habrá que indagar, porque a veces el único síntoma es una tristeza que puede terminar incluso en una depresión infantil. Tratad de evitarla adoptando estas medidas.

Prevención de malos hábitos y violencia

Ya sabéis que los niños, a partir de los dos o tres años, comienzan a verse como seres autónomos, por lo que a esa edad sufren su primera crisis de identidad. Se dan cuenta de que son seres independientes y eso les lleva a querer actuar de forma autónoma, lo que a su vez genera un conflicto en los padres: ¿hasta qué punto ponerles límites? Sé que resulta moderno (y también cómodo) no establecer límites. Pero cuando el niño quiere subir y bajar escaleras solo, comer solo, lavarse solo, vestirse solo o hasta cruzar la calle solo, las cosas cambian. Vale, terminará haciendo todo eso él solo, pero antes tiene que aprender, y aprender implica corregir. Y al corregir hay que establecer límites.

Así que lo siento, pero la permisividad plena no tiene cabida en la educación de vuestro hijo, que agradecerá esas líneas maestras, sencillas y sensatas que hemos dado en llamar normas. Y para ayudarle a cumplirlas, los padres debéis usar vuestra autoridad. Y no, autoridad no es ponerse un gorro militar y gritar órdenes. Autoridad es influencia y fuerza moral que usaréis para inculcarle a vuestro hijo una educación que lo haga respetuoso, autónomo y receptivo a los sentimientos de los demás. Debéis ejercer autoridad (o influencia) sobre vuestro hijo para enseñarle a ser una buena persona. No hace falta que estéis ordenando siempre, podéis sugerir y hacerle pensar por sí mismo. Pero debéis hacerlo a la vez que imponéis límites.

¿Por qué? Porque las normas, la rutina y los límites, siempre razonables, harán ver a vuestro hijo que existen otras personas en el mundo, a las que comprenderá y entenderá con mayor facilidad que si está acostumbrado a salirse siempre con la suya. Puede que un niño que no siempre consigue todo lo que desea sufra berrinches, por ejemplo si no le habéis comprado una chuchería. Pero ese enfado se le pasará y habrá aprendido que no siempre es posible lograr lo que uno desea y que, pasado el berrinche, la vida sigue sin más. Eso le hará más receptivo a los reveses que va a encontrar durante su infancia, como que se le caiga el bocadillo al suelo o que su equipo de fútbol del colegio pierda. Frustraciones normales para un niño que le ayudarán a superar las frustraciones normales de un adulto cuando sea mayor.

El hecho de ser consciente de que existen límites que no se pueden traspasar le hará comprender que ciertas cosas, como la violencia física o los gritos, no son adecuadas. Eso le resultará aún más fácil de comprender si está acostumbrado a pensar en los demás a la vez que en sí mismo. Y es que un niño de dos años es incapaz de ponerse en el lugar de otro. Por eso a esa edad, si quiere un juguete que tiene otro niño, es capaz de golpear a ese otro niño para arrebatárselo, sin más. Y si se lo quitáis, se enfadará sin entender que le ha hecho mal a otro niño. Sin embargo, a medida que crezca aprenderá que ese otro niño también sufre si se le quita el juguete. Pero solo lo aprenderá si se lo enseñáis.

Y se lo enseñaréis mediante las normas y los límites que se imponen gracias a vuestra autoridad moral. La educación comienza desde el primer día de vida y, con ella, vuestra autoridad como padres. Autoridad como influencia, como forma de educarles. No tengáis miedo de ejercer esa autoridad, esa influencia, con el fin de hacerlos mejores personas. Al hacerlo, vosotros también seréis mejores padres.

Dudas habituales en niños en edad preescolar y escolar

1. Su piel y erupciones más frecuentes

Las dermatitis

Dermatitis atópica y urticarias

¿Recordáis la **dermatitis atópica**? Sí, una de las afecciones más comunes de la piel de los lactantes. Pues bien, la mitad desaparecía antes de los dos años de vida, pero la otra mitad seguían presentando brotes durante la infancia. Sobre todo en las flexuras de los brazos (es decir, delante de los codos), en la cara, en el cuello y por detrás de las orejas. ¿Y cómo? Pues en forma de zonas secas y a veces pequeñas elevaciones rojizas de la piel que recuerdan a picaduras de insectos. Y sí, pican, por lo que el niño se rasca y se hace heridas, por lo que si no andáis con ojo, se pueden infectar por culpa de ese rascado. ¿Por qué? Echad un vistazo a las uñas de vuestro hijo. Pues eso.

El tratamiento en niños mayores se sigue basando en la prevención mediante el uso de hidratantes, ropa con tejidos naturales y procurando huir de los hipotéticos desencadenantes, como ciertos alimentos, el calor o el propio sudor del niño. Y en los casos exagerados, qué remedio, habrá que usar corticoides, pero siempre pautados por el pediatra. El sol y el agua del mar suelen mejorarla. Por último, un dato optimista: con el paso del tiempo, muchos cuadros siguen desapareciendo, de forma que el 80% de las dermatitis atópicas suelen haber remitido en la adolescencia.

Las **urticarias**, por su parte, son reacciones alérgicas a vaya usted a saber qué, que pueden presentarse alguna vez hasta en uno de cada cinco niños (es decir, en muchos) en forma de habones o ronchas elevadas de color rosáceo, de aparición brusca, que suelen ir cambiando de sitio y que pican bastante. Pueden ser leves cuando son unas pocas, o graves cuando afectan a todo el cuerpo, sobre todo la cara. Si aparecen siempre se debe consultar, y de forma rápida además si son extensas. El niño, aparte de su aspecto llamativo por la presencia de habones o ronchas, suele tener mucho picor. Así que cuidado con las urticarias: la mayoría son leves, pero algunas pueden evolucionar rápido, y a veces esas dos o tres ronchitas aisladas se extienden en cuestión de horas y pueden dar un susto si inflaman la cara o el cuello. Las urticarias son traicioneras, y a veces las desencadenan factores tan absurdos como el sol o incluso el frío. Así que recordad: hay que consultar siempre.

Picaduras, prúrigo y dermatitis de contacto

Las **picaduras** y las mordeduras de insectos les acontecen a todos los niños a lo largo de su infancia. Algunas, como las de hormiga o las de mosquito, suelen ser relativamente leves, mientras que otras, como las de algunas arañas, abejas o avispas, suelen doler bastante y provocan una reacción inflamatoria mayor. Lo ideal es prevenirlas usando ropa que cubra bastante piel y poco colorida cuando se va al campo, evitando las colonias o perfumes (pues atraen a los insectos) y procurando no permanecer cerca de hormigueros o panales.

Si se produce la picadura, el mejor tratamiento es un buen lavado de la zona y el uso de cremas con antihistamínicos. Si la herida presenta aspecto feo (muchas veces, por el propio rascado del niño), entonces existe riesgo de infección, así que consultad porque es posible que vuestro pediatra os mande alguna pomada con antibiótico. Y cuidado con las reacciones alérgicas. Sí, esas que podían comenzar en forma de urticaria. Si se produce una sobre todo, en cara y cuello), acudid a urgencias. Y que no se rasque.

Por cierto, la única forma eficaz y segura de evitar los mosquitos, al menos en casa, es instalando mosquiteras en las ventanas. El resto de remedios, como las pulseras o los zumbadores antimosquitos, o no funcionan o no son adecuados para niños. Estoy harto de verlos en consulta, traídos por madres cuyos hijos están comidos a picotazos.

Un cuadro también muy frecuente es el llamado **prúrigo**, que produce unas pequeñas lesiones sobreelevadas de la piel, de color rojizo y agrupadas, que también suelen picar bastante. De hecho, suelen aparecer alrededor de las picaduras de insectos, a las que en realidad se parecen mucho y se suelen relacionar con ellas. Su mayor problema es que pican y el niño puede hacerse heridas al rascarse. El tratamiento es parecido al de las picaduras. Y evitar el rascado. Ya. Ahora mismo.

Las **dermatitis de contacto** son una reacción de la piel que se produce al entrar en contacto con sustancias tan curiosas como la saliva, el sudor, determinados tejidos o incluso algunos jabones o detergentes. Suelen producir lesiones como eccemas o pequeños granos, donde de nuevo (y una vez más) el mayor problema es que el niño se rasque. La solución, tratar de localizar la sustancia. A veces, como sucede con el sudor, esto es complicado y hay que usar cremas hidratantes, que ya no tienen por qué ser tan caras como cuando eran bebés, pues un poco de hidratación suele mejorar mucho los eccemas.

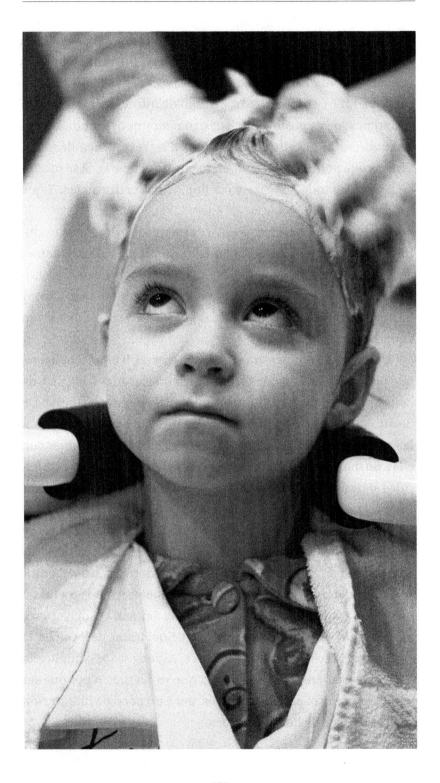

Lunares y zonas claras

En la piel existen unas células llamadas *melanocitos* (otro nombre raro), que sintetizan *melanina* (toma ya), una sustancia de color oscuro que es la que da lugar a los lunares y a otras manchas de la piel. Y sí, también responsable de que nos pongamos morenos.

Pues bien, si os habéis fijado, es raro que los recién nacidos tengan **lunares**, que aparecen después y debido, en gran parte, al efecto de esa radiación solar de la que ya hemos hablado dos veces. Sí, existe una relación directa entre la radiación absorbida, el número de lunares y la posibilidad de que estos se malignicen. Sé que no os gusta que hable de esto, pero debéis consultar si veis que algún lunar de vuestro hijo aumenta de tamaño, sobre todo si lo hace de forma rápida, si pasa de los cinco milímetros de ancho, si tiene los bordes irregulares, si le pica, si crece hacia fuera de la piel o si presenta algún tipo de salida de líquido o de sangre.

A veces sucede lo contrario; es decir, existen **zonas claras** en la piel de los niños, sobre todo en la cara. Son más fáciles de ver en los niños con piel más oscura y en verano, porque el resto de la piel se colorea más y el contraste es mayor. Son muy frecuentes (si os fijáis en otros niños de la edad del vuestro, veréis que también las tienen), incluso más en niños con dermatitis atópica, pero suelen desaparecer con el tiempo. Eso sí, no está de más consultar, ya que a veces algunas infecciones por hongos pueden dar una imagen similar.

¡Oh, no, piojos!

Es curiosa la alarma que generan estos ridículos insectos y el trauma que pueden llegar a producir en los padres, incluso en algunos niños. Sin embargo, son algo tan común que es mejor que asumáis que vuestro hijo los va a tener en algún momento de la infancia. De hecho, me duele la boca de decir que los piojos de la cabeza no son signo de mala higiene, pues se ven en todos los niños, dada la rapidez con la que se contagian de unos a otros en el colegio.

Al final generan agobio. Pues bien, lo ideal es prevenirlos mediante el uso de champús y aceites que los repelen, ya que al parecer algunos parecen ir bien, aunque no en todos los niños. Y si aparecen, usar champús con *permetrina* (otra nueva palabra), que generalmente se aplican una o dos veces. Y esto sí que es efectivo, siempre que se eliminen los huevos (o *liendres*, aunque no me guste ese nombre) con cepillos específicos. Y que no haya otros niños en clase con ellos, claro.

Por eso suelo insistir mucho en que, si creéis que vuestro hijo tiene piojos, no lo juntéis con otros niños (parque, colegio o salas de espera) hasta que los hayáis eliminado, cosa que se logra en solo uno o dos días. Porque esa es la única forma de eliminar los brotes en los colegios. Pero claro, muchos padres prefieren callarse porque no tienen con quién dejar a sus hijos y los envían a clase mientras los tratan. Pero lo que hacen es perjudicarse a sí mismos, ya que esos piojos que sus hijos contagian a otros terminarán regresando a la cabeza de su pequeño días después. Insisto, no seáis egoístas y evitad el contagio. Al final, os repercutirá a vosotros.

Por último, debo recalcar algo importante: los piojos en la cabeza son normales en la edad escolar, pero los piojos en el cuerpo, no. Estos sí son indicativos de mala higiene. Y donde no debería haber nunca es en el pubis, pues en teoría eso solo sucede en los adolescentes (con mala higiene, además) que mantienen relaciones sexuales. Así que es fácil entender por qué un niño no debería tenerlos, ¿verdad? Pues eso.

2. Tiene fiebre. Y ahora, ¿qué hago?

A estas alturas ya deberíais de estar curtidos en el manejo de la fiebre. Sin embargo, eso no impide que os echéis a temblar cuando vuestro hijo se pone con 40 ºC (y eso sigue sucediendo). Ya aprendisteis, en el capítulo dedicado a la etapa de lactantes, que la fiebre no es mala de por sí, pero tampoco un buen indicador de gravedad. De hecho, cuanto más pequeño sea el niño, más probable es que sonría y juegue aun teniendo fiebre elevada. Así que la fiebre, de por sí, solo es un síntoma que orienta (y tampoco demasiado bien) a que algo está sucediendo, como una infección. Si no os acordáis de todo eso, quizá sea un buen momento para retroceder a las páginas relativas a la época de lactante y volver a leer ese capítulo.

¿Ya? Estupendo, porque aquí nos centraremos en lo que concierne a los niños de entre dos y doce años. Lo primero que hay que tener en cuenta es que con estos niños ya es posible utilizar termómetros axilares o incluso de boca, siempre que el niño colabore y aguante el tiempo necesario. También es importante recordar que la mayoría de los procesos febriles que sufren los niños mayores de dos años son inferiores a tres días porque los producen los virus, por lo que solo suelen necesitar un tratamiento consistente en hidratación y antitérmicos. En estos casos, y a pesar de la fiebre, que no suele ser elevada, el niño suele estar contento, con buen color y tono muscular, jugando y comiendo más o menos bien. Sobre todo, cuando le baja la temperatura. De ahí la importancia de tratar la fiebre: estará más cómodo.

Sin embargo, a veces la temperatura es más elevada, dura más días o bien tienen otros síntomas como dolor de garganta o mal aliento, que pueden orientar a una infección de garganta o de amígdalas. En estos casos debéis consultar siempre para descartar procesos bacterianos que sí que podrían necesitar tratamiento. Y desde luego, nunca debéis olvidar esos signos de alerta que jamás me cansaré de repetir: decaimiento, mal color, debilidad, ausencia de ganas de comer o de jugar y por supuesto manchitas en la piel que no desaparecen al pasar el dedo por encima. Es decir, las famosas petequias. En esos casos, acudid sin demora a un servicio de urgencias.

En cualquier caso, debéis recordar que la fiebre por sí sola no es un indicador de nada. Y que existe un cuadro bien diferente, la hipertermia, que consiste en un aumento brusco de la temperatura corporal; por ejemplo, por exceso de abrigo, por insolación o porque dejéis encerrados a vuestros hijos en el coche. Pues bien, la hipertermia siempre es una urgencia porque pone en peligro la vida. Ya sé que no os gusta el frío. Pero tened cuidado (y mucho) con los excesos de temperatura.

3. Dolores de cabeza

El dolor de cabeza es uno de los síntomas que más angustia a los padres. La mayoría de estos entienden que a los niños no les puede doler la cabeza. Siento hacer caer ese mito: a muchos niños, por no decir a casi todos, les duele la cabeza. «¿Pero cómo? —os preguntaréis—. ¡Si eso es de adultos!» Pues no, no lo es.

La cabeza puede dolerle a un niño, por ejemplo, porque tenga fiebre. O por cansancio, estrés o ansiedad, algo frecuente en niños que realizan muchas actividades a lo largo del día. O porque tenga mucha hambre (las bajadas de azúcar son frecuentes en la infancia y pueden hacer que duela la cabeza). O porque no vea bien, y así es como se detectan muchas miopías (de las que hablaremos a continuación). En resumen, lo raro es que haya algún niño al que no le haya dolido la cabeza alguna vez. Otra cosa diferente es en qué medida le duela y cómo lo exprese, ya que muchos niños ni siquiera saben explicarlo, y a lo mejor les duele y ni os enteráis.

Sin embargo (y por desgracia) existen ocasiones en las que el dolor de cabeza podría tener una causa no tan «normal». Por eso los pediatras os acribillamos a preguntas cuando nos decís que a vuestro hijo le duele la cabeza. Entre ellas, las características del dolor (en función de cómo las relate según la edad, claro), la frecuencia con la que le sucede (en esto ayuda mucho realizar un calendario, marcando los episodios), la intensidad (algo muy subjetivo) y, sobre todo, antecedentes del niño, de los padres y de los familiares. Si todos los miembros de la familia son miopes, eso da pistas. Si todas las mujeres de la familia tienen migrañas, también da algunas. Si ambos padres tienen *cefaleas tensionales*, pues imaginad.

También exploramos al niño de forma minuciosa y solemos programar revisiones. Y en algunos casos pedimos alguna prueba adicional, por ejemplo si sospechamos una posible mala visión. La idea es que, aunque la mayoría se producen por causas comunes y leves, no se nos pase alguna de las (poco frecuentes, todo hay que decirlo) causas «malas» de cefalea, como infecciones u otros problemas cerebrales que estoy seguro que no querréis ni oír nombrar.

Pero lo normal (y lo normal es lo que les sucede a casi todos los niños) es que la mayoría de los casos sean benignos. Es decir, que consistan en las llamadas *cefaleas tensionales*, que son las que se producen por cansancio, estrés o fatiga y suelen ceder con reposo o analgesia suave. A veces, lo único que hace falta es reducir la ansiedad o el estrés del niño, planificando mejor sus actividades y sus descansos. Pero dado que otros casos, como las migrañas, son algo más complicados, siempre debéis consultar.

Eso sí, si las cefaleas son repetidas o intensas, si se dan en un niño menor de cinco años o se acompañan de síntomas tan poco graciosos como molestias con la luz, rigidez de nuca o cualquier alteración neurológica (caídas por falta de equilibrio, niño que de repente se pone bizco, presenta falta de fuerza o lo que sea), acudid de forma inmediata a un servicio de urgencias. Vale, esto es raro pero, como padres, debéis conocerlo.

4. Problemas de visión

¿Cómo se detectan?

Siempre me ha llamado la atención que los problemas de visión en la edad infantil suelen pasar bastante desapercibidos. Muchos

padres consultan por un grano o una picadura de mosquito (os juro que es cierto), pero otros tardan meses en darse cuenta de que sus hijos ven mal. Y es que muchos niños no saben que no están viendo bien, pues para ellos lo que ven es «lo normal». Por eso hay que estar atentos a síntomas... como las cefaleas, exacto.

Y es que cuando un niño presenta episodios repetidos de dolor de cabeza, es posible que se deban a un problema de agudeza visual como miopía, hipermetropía o astigmatismo, en los que el ojo intenta compensar el déficit forzando algunos músculos, por lo que se produce una fatiga visual que es la que desencadena el dolor de cabeza. Por eso, una de las primeras cosas que solicitamos en los casos de cefaleas es una evaluación de la agudeza visual, que varía en función de la edad del niño.

En otras ocasiones el niño puede presentar mareos o dificultad para la práctica de algunos deportes como el fútbol, el pádel o el tenis. Y si los niños son algo más pequeños pero ya acuden al colegio, suelen ser los profesores quienes aprecian que el niño entorna los ojos para enfocar bien la pizarra. A veces son los mismos padres quienes refieren que el niño se acerca mucho al papel o a la televisión, pero también es cierto que en algunas de esas ocasiones lo que realmente sucede es que el niño se limita a dejar caer la cabeza sobre el brazo cuando dibuja o se acerca a la televisión porque está ensimismado con lo que está viendo y se va aproximando sin darse cuenta. (Recordad lo que pienso sobre el exceso de televisión.)

En cualquier caso, si creéis que vuestro hijo no ve bien debéis acudir a vuestro pediatra porque los niños también pueden presentar miopía, hipermetropía y astigmatismo. ¿Sabéis en qué consiste cada uno de esos cuadros?

Miopía, hipermetropía y astigmatismo

En las personas que tienen la suerte de ver bien (entre las que por desgracia no me incluyo desde los ocho años), las estructuras del ojo (como la córnea o el cristalino) hacen que la luz converja y se enfoque en la retina, que es la capa de células que recubre el fondo del ojo. Eso es lo que hace que vean de forma nítida. Enhorabuena para ellos. Es lo mismo que hacen los proyectores en la pantalla de cine. Pero no a todos nos pasa eso.

Y es que si un niño tiene el ojo demasiado grande y los rayos convergen delante de la retina, tendrá **miopía**, es decir, verá borrosos los objetos lejanos (a más de cuatro metros). Por cierto, hay dos tipos de miopía. La benigna o común la padecemos nada menos la mitad de la población. Suele aparecer sobre los seis años, deja de aumentar alrededor de los veinte y es raro que pase de las seis dioptrías. Otra, llamada magna, es algo peor, porque aumenta durante toda la vida y supera las seis dioptrías. Cuando no se detecta la miopía, suele generar cefaleas por esa fatiga visual de la que hablamos en el capítulo anterior.

Los niños que tienen el ojo demasiado pequeño pueden tener **hipermetropía** si los rayos de luz convergen por detrás de la retina, por lo que ven borrosos los objetos cercanos (a menos de cuatro metros). Si no se detecta, también genera síntomas como dolores de cabeza, mareos o incluso lagrimeo y enrojecimiento de los ojos.

El **astigmatismo** es más complicado porque consiste en que los rayos de luz convergen en sitios diferentes de la retina, formando un galimatías de imágenes borrosas, que se nota sobre todo en las letras. No siempre es fácil de detectar, aunque también da cefaleas y enrojecimiento de los ojos.

Todos estos defectos de la agudeza visual se corrigen mediante el uso de gafas, ya que las lentillas están contraindicadas en niños por motivos más que obvios. Eso sí, la corrección se realiza en función del grado de agudeza visual que posea el niño y de su edad, pues a veces el defecto es escaso, cosa que hay que valorar sobre todo en los menores de ocho años, para los que el uso de gafas puede resultar un engorro. Sin embargo, hay casos en los que las gafas pueden resultar necesarias siempre, como sucede por ejemplo en los estrabismos, un cuadro tan importante que merece un capítulo aparte.

¿Tuerce un ojo?

Me sucede casi todos los años: un niño entra en la consulta por fiebre, mocos o cualquier otra cosa, con un ojo desalineado. Y cuando les pregunto a los padres si se habían dado cuenta, me responden cosas del tipo «Sí, queríamos consultarlo, pero es que hemos tenido mucho lío». En fin.

Si sois padres aplicados (y si leéis libros como este, es que lo sois), recordaréis que en la época de lactancia decíamos que podía ser normal (a veces, de forma puntual y en determinadas circunstancias) que los menores de seis meses pudieran torcer uno de los ojos. Pero que siempre había que consultar al pediatra. Pues bien, si os digo que a partir de los seis meses no se considera normal el que lo tuerzan, imaginad si se trata de niños mayores de dos años. Y más aún sabiendo que, cuanto antes se puedan tratar, más factible será corregir o prevenir los defectos de visión.

Y es que el estrabismo consiste, como ya sabéis, en que un ojo está desviado con respecto al otro y eso hace que el cerebro, confundido al mezclar dos imágenes diferentes, anule uno de los dos ojos, de forma que es posible que el ojo anulado pierda la visión con el tiempo, por falta de uso. Terrible, ¿verdad? Pues por suerte es evitable, en la mayoría de los casos, y a veces con un tratamiento tan sencillo como tapar el ojo sano con esos parches que seguro habéis visto por la calle y cuyo mayor problema reside en que los niños pequeños insisten en quitárselo. Así, el ojo anulado (el llamado «vago») se ve forzado a trabajar.

Por eso lo más importante siempre es la sospecha, que en muchas ocasiones establecéis los padres porque, aunque es cierto que miramos los ojos en las revisiones de niño sano, también

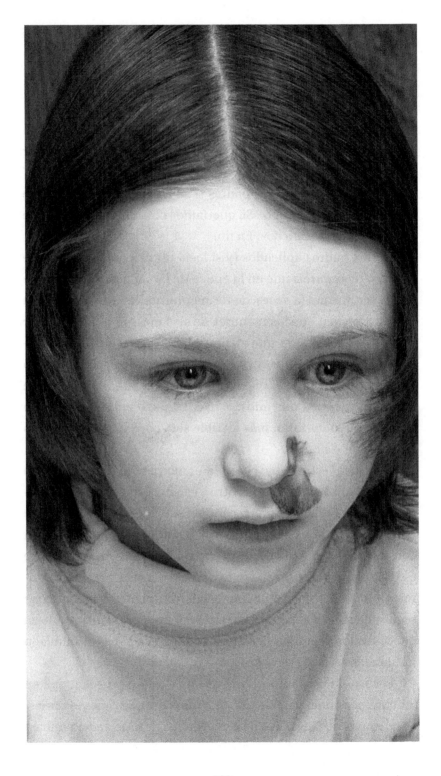

es posible que un estrabismo aparezca después de una revisión, y el tiempo corre que se las pela. Así pues, si comprobáis que existe cualquier desalineación de los ojos, por favor acudid a vuestro pediatra. Sin demora. Que no tengamos que diagnosticar más estrabismos en niños que acuden a consulta por mocos. O por fiebre. O por lo que sea, menos por el hecho de que lleva meses torciendo un ojo.

5. «¡Mamá, me sangra la nariz!»

Viendo la profundidad y el interés con que se hurgan algunos niños la nariz, que más que petróleo parece que buscan un iPhone de última generación, lo extraño sería que no les sangrara alguna vez. O más de una. Por eso, nunca entenderé a esos padres que acuden a consulta exigiendo pruebas y estudios porque a su hijo le sangra la nariz. Y menos aún cuando es evidente (porque ves que lo hace delante de ti) que el angelito está con el dedo dentro. Tan dentro, de hecho, que tienes la sensación de que le va a salir por la frente.

Y es que la mucosa interna de la nariz en los niños tiene menos tejido que la de los adultos. Además sus vasos sanguíneos son más finos. Y los niños se tocan más que los adultos (vale, no todos). Y tienen más mocos que se secan, se adhieren y, al despegarse, pues hacen sangrar esa mucosa de vasos finos. Y sí, claro que hay causas «malas» de sangrado nasal, pero por fortuna son raras, y además se suelen acompañar de otros síntomas, como que las hemorragias sean muy repetidas o abundantes y necesiten, una y otra vez, de la realización de taponamientos especiales que hacen los otorrinolaringólogos en urgencias. Y en ocasiones encontramos un muñeco, una canica o un macarrón en la nariz. Y eso también puede producir sangrado, aparte de un mal olor que tumba, pero que al parecer algunos padres no notan. Curioso.

Pero por lo general las hemorragias suelen darse porque el niño se ha tocado con el dedo, y en esos casos solo hay que limpiar la sangre y comprimir unos pocos segundos el ala nasal desde fuera. También se puede colocar un pequeño tapón (y pequeño no es medio kilo) de gasa impregnada en vaselina. Y si no cede o es abundante, entonces sí que hay que acudir a urgencias. Por cierto, para prevenir las hemorragias nasales suele ser importante (a la par que difícil) que el niño no se toque, usar pomadas vitamínicas o de suero salino para hidratar la mucosa, evitar los esfuerzos físicos y elevar un poco la almohada de la cama. Pero por lo general, conforme los niños crecen, los vasos sanguíneos se hacen más resistentes, el tejido de esa zona crece y dejan de sangrar con tanta facilidad.

6. Los dientes: gingivitis, caries y mal aliento

Me sorprende cómo muchos padres se olvidan de la higiene dental durante la edad infantil. Entiendo que se les pase en lactantes (a vosotros ya no, desde luego), pero no en niños. Es como si los niños no pudieran tener problemas dentales o gingivales, algo que no solo no es cierto, sino que además se ve mucho en consulta, como ya sabéis. Y la palabra «mucho» no la he puesto de adorno. Lo más curioso es que esos mismos padres que no le dan importancia a la higiene dental (fundamental para prevenir la aparición de llagas en la boca) acuden enfadados cuando su hijo tiene llagas e incluso **gingivitis**, inflamación de las encías, normalmente causada también por mala higiene.

Otros padres se sorprenden cuando les enseño que sus hijos de corta edad tienen **caries**. Imagino que ya sabéis, por los anuncios de la tele, que las caries se generan porque los gérmenes de la boca utilizan los azúcares de los alimentos para generar ácidos, que a su vez destruyen los dientes. Y cada niño tiene una saliva, una acidez y una susceptibilidad diferentes, que hacen que unos estén más predispuestos a padecerlas que otros. Pero lo que todos tienen en común es que una buena higiene dental, desde muy pequeños, reduce la presencia tanto de gérmenes como de azúcares. Y cuantos menos gérmenes y azúcares, menos acidez y menos caries, ¿verdad? Pues pocos son los que lo ponen en práctica.

Esos mismos padres también terminan acudiendo porque sus hijos tienen **mal aliento**. Cuando les muestro las encías inflamadas, la lengua sucia, los dientes con zonas oscurecidas e incluso los restos de comida que se acumulan entre ellos y en las amígdalas, les pregunto que qué era lo que esperaban de esa boca. ¿Que oliera a rosas?

El mal aliento, igual que las llagas, las gingivitis y las caries, se suele generar por una mala higiene oral. Que sí, que parece que el flujo escaso de saliva o la acumulación de moco sobre la lengua también producen mal aliento. Pero si pensáis un poco (y como padres os corresponde hacerlo, de vez en cuando), os daréis cuenta de que todo eso se puede revertir con un lavado de dientes después de cada comida, con un cepillo y una pasta adecuados para su edad y durante dos minutos al menos.

El cepillado deberán hacerlo ellos solos desde los dos años, eso sí, supervisados por vosotros. Y a los tres años deben haber adquirido una técnica más o menos adecuada, a pesar de lo cual debéis supervisarlos y corregirles de vez en cuando. Insisto: higiene, higiene e higiene desde que son lactantes. Si no, preparaos para que vuestro hijo sufra de llagas, gingivitis, sangrados de las encías, caries, mal aliento y hasta deformidades de la boca. ¿Os he dicho que una ortodoncia vale unos tres mil euros como mínimo? Ahora pensad en lo que valen un cepillo y un bote de pasta dental. ¿A que ya os he convencido?

7. Bultos en el cuello y otros sitios.
Los ganglios

Ya comentamos, al hablar de la etapa de lactantes, que todos los niños tienen ganglios y que, cuando aumentan de tamaño, a veces es posible palparlos. Esto ocurre a veces con las infecciones o con las heridas en zonas cercanas al ganglio inflamado. Y sucede a lo largo de toda la edad infantil, en la que puede ser frecuente palpar ganglios en cuello, axilas o incluso en la región inguinal, es decir, el pliegue donde los muslos se unen al abdomen.

Los ganglios, sobre todo en el cuello, suelen aparecer y desaparecer con facilidad a lo largo de toda la infancia, y sobre todo si existen causas más o menos evidentes como otitis, infecciones de garganta o una herida. Los del cuello suelen medir menos de dos centímetros, los inguinales menos de uno y medio, y los axilares menos de uno. Los ganglios mayores de esos tamaños o en otras localizaciones, o su mera presencia si no existe una causa que los justifique, deben suponer un motivo de consulta, al igual que la aparición de un bulto en cualquier localización. A veces estos bultos son *lipomas* (forma culta de denominar a los pequeños acúmulos de grasa) o quistes sin importancia. Pero es obligado evaluarlos todos, sobre todo si crecen, molestan o son grandes. Así que ya sabéis.

8. La tos

Unos padres que no terminan siendo expertos en la tos de sus hijos, ni son padres ni son nada. Ya vimos al hablar de la etapa de lactantes que la tos no es un enemigo sino un mecanismo de defensa que ayuda a mantener limpias las vías aéreas de vuestros hijos, reduciendo el riesgo de acumular moco e infecciones. Sí, puede que aún no terminéis de creerme. Pero os lo aseguro, no es que la tos sea buena: es que es esencial para vivir.

Pero claro, no os gusta porque la tos a veces es bastante pesadita, sobre todo porque en ocasiones existe algo que la produce y no sabemos qué es. Y el niño venga a toser. Y es que los niños pueden toser, a lo largo de la infancia, por miles de motivos. Pero el más frecuente vuelve a ser el goteo nasal, es decir, los mocos (de los que hablaremos en el siguiente capítulo) cuya producción aumenta con estímulos como el aire frío del invierno, que va a respirar sí o sí, por muchas bufandas que le pongáis.

Otra de las causas más frecuentes de tos son las infecciones de vías respiratorias. Lo normal en estos casos es que haya otros síntomas, como por ejemplo mocos de color feo o fiebre. También cabe hablar de los procesos alérgicos o incluso asmáticos, que además pueden pasar desapercibidos, como le sucede a muchos niños que tosen de forma inexplicable cuando hacen deporte (sí, existe un tipo de asma inducido por ejercicio). El asma también se puede presentar en forma de tos nocturna aislada. Y también existen casos en los que los niños se meten cosas muy raras en la nariz y eso, si no les hace sangrar, a veces hace que tosan de forma continua, hasta que alguien da con el artilugio.

Y también hay toses (aquí es donde saco el hacha de guerra) que se relacionan con el tabaquismo pasivo. Es decir, padres que acuden una y otra vez a consulta porque sus hijos tosen mucho, y los cachondos vienen con el paquete de tabaco asomando del bolsillo. «No fumo delante de ellos», exclaman. Pero el olor a tabaco que desprenden me atufa hasta a mí, así que imaginad a esos chavales en sus casas. ¿Cómo no van a toser? ¿O cómo vamos a poder descartar si el tabaco es la causa, si los padres son incapaces de dejarlo? Por favor, si fumáis y vuestro hijo tose, lo primero es dejarlo. Y si fumáis y no tose, también.

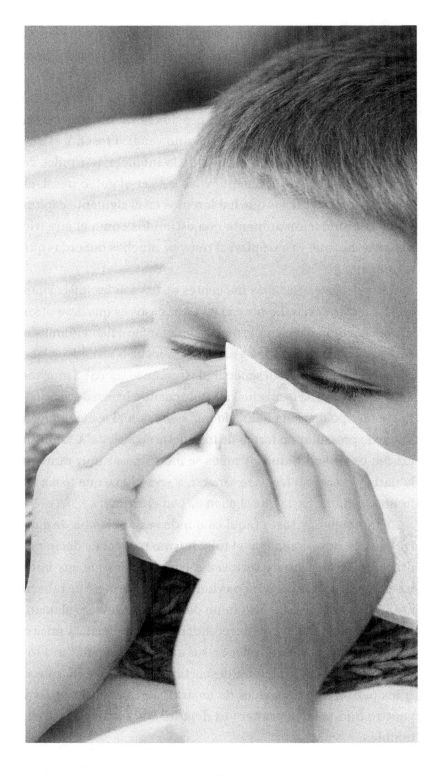

Por último, recordad que no existe un tratamiento específico para la tos, y menos aún con jarabes de codeína, que ya están incluso prohibidos. El mejor remedio es una buena hidratación y tratar de esclarecer por qué tose el niño. Y como sea por tabaco, la vamos a tener gorda.

9. Los mocos

Pues sí, acabamos de decirlo: los niños tienen mocos. Y los mocos aumentan con determinados estímulos, algunos tan difíciles de evitar como el aire frío del invierno. Y siento deciros que por mucho que los abriguéis, el aire que respiran va a estar frío, y así va a seguir a menos que les instaléis un calentador bajo sus narices. Por este motivo los niños moquean más en invierno, incluso si no existe enfermedad alguna. Pero también las infecciones aumentan su producción, y por eso los niños moquean con los catarros. Y con el humo del tabaco, motivo por el que los niños de padres fumadores tienen más mocos, además de más tos, más asma y más de todo lo malo que puede haber.

Pero los mocos no están ahí para fastidiar sino para eliminar cosas malas como gérmenes o partículas de humo del tabaco. Entiendo que os fastidia que se acumulen y por eso es bueno que los niños tosan (insisto, toser es bueno) para eliminarlos. La forma de estimular esa tos (la tos buena que elimina mocos) es enseñándole a soplar por la nariz, incluso desde los dos años, o a que escupa los mocos que le llegan a la boca en el pañuelo, de forma que cuando lo manchen se le alabe la conducta para que se anime y quiera repetir.

A los tres años debería soplar los mocos en el pañuelo sin dificultad y a los cuatro sabrá sonarse los mocos. Porque un niño que se suena los mocos es un niño con menos mocos con riesgo de infectarse. Así que papis, a trabajar. Y por supuesto, nada de cochinadas como permitir que se trague los mocos, como hacía cuando era pequeño. Lo veo mucho en consulta y, a medida que crecen, les suelto unas reprimendas que los hago sonrojar: el moco es muy ácido, irrita el estómago y produce náuseas y vómitos. Con los lactantes nos tenemos que aguantar, y dejar que los traguen y vomiten, pero los mayores... No, eso es una cochinada. Aparte de que se pone malísimo. Así que cortad ese vicio.

10. Los resfriados

Los resfriados formarán parte del día a día de vuestro hijo, especialmente en invierno. Entre los dos y los cuatro años de edad los tendrá en forma de fiebre alta, vómitos y diarrea. Y más adelante, el cuadro típico de fiebre o febrícula, mucosidad, obstrucción nasal, tos y estornudos. Vamos, el resfriado de toda la vida. De hecho, esta es la enfermedad más frecuente de toda la infancia. Y si creéis que embutiendo a vuestro hijo bajo varios abrigos os vais a librar, os daré un dato estadístico: los niños pequeños pueden presentar nueve episodios en un solo año, mientras que los mayores pueden padecerlo tres veces durante un mismo invierno.

Pero ¿padecer enfermedades no te inmuniza? Pues sí, el problema es que existen más de doscientos virus capaces de producir este cuadro. Y lo mejor de todo es que se contagian gracias a esas gotas de moco y de saliva que los niños expulsan con la tos y los estornudos (¿os acordáis de que eran buenos para expulsarlas? Pues bien, la mala noticia es que eso favorece el contagio). ¿Y qué mejor lugar para contagiarse que un sitio donde veinticinco niños comparten unos metros cuadrados durante siete horas al día? Exacto, la escuela. Y como el periodo de incubación es de hasta tres días, es decir, el niño tiene virus pero aún pocos síntomas, imaginad si tiene tiempo para repartir virus en clase.

Pues bien, no os desesperéis. Los resfriados, en su mayoría, ceden en unos cinco a siete días, salvo la tos y los mocos, que se pueden prolongar hasta dos semanas. Por eso a veces se juntan dos resfriados seguidos, sin que el niño haya parado de toser, y ese es el motivo por el que muchos padres protestan diciendo que su hijo lleva un mes tosiendo. Lo malo es que te piden una solución que no existe, porque lo único que podéis hacer (que no es poco) es tratar los síntomas, vigilar que no aparezcan complicaciones y tratar de evitar nuevos contagios.

Los síntomas se tratan mediante hidratación (los mocos consumen mucha agua), lavados nasales con suero salino y humidificadores ambientales para suavizar la mucosidad y que así pueda toser y expulsarla mejor y, en caso de fiebre, antitérmicos. Cuidado con los anticongestivos nasales, porque muchos de ellos no son aptos para niños pequeños ni se pueden usar durante más de tres días. Los antitusígenos no se recomiendan (algunos han sido hasta prohibidos), y los expectorantes, que ayudan a expulsar moco, solo sirven si el niño bebe abundante agua. Además, los antibióticos suelen ser ineficaces porque casi todos estos cuadros son virales. Solo se mandan si existen sobreinfecciones producidas por bacterias como las otitis, las sinusitis, las infecciones de garganta o incluso de pulmón, aunque por suerte son poco frecuentes a excepción de las otitis, que sí se pueden ver hasta en un 30% de los niños con resfriados repetidos. Así que ante la duda, consultad.

11. Dolor en el pecho

¿Os acordáis de los «dolores de crecimiento»? Sí, esos que se producían en piernas y en articulaciones como rodillas o tobillos porque el niño supuestamente las sobrecargaba con el ejercicio (porque lo cierto es que crecer no duele). Pues bien, eso mismo les puede pasar en el tórax.

Y es que hay niños a los que a veces les duele de forma punzante por debajo de la mamila izquierda. Un dolor ocasional, agudo y que dura unos segundos. Se llama *punzada de Teixidor* (aquí tenéis un nuevo nombre), se desconoce su causa y es un dolor benigno, es decir, que desaparece con el tiempo. Otras veces el dolor puede darse en otras ubicaciones del tórax y aumenta cuando el niño respira fuerte, tose o se tumba de ese lado. Por lo general estos cuadros de dolor suelen deberse a pequeños golpes que a veces ni recuerdan. Y como comprenderéis, son bastante comunes. Por último, a los niños a veces les duele el apéndice xifoides (que no es otra cosa que la punta del esternón) cuando se lo tocan. No está claro por qué sucede esto. La solución, no tocárselo.

Sin embargo, es cierto que hay otros procesos, relacionados con el corazón o con los pulmones, que pueden generar dolor en el tórax, y por eso muchos padres consultan preocupados. Por lo general estas causas «malas» no solo son poco frecuentes, sino que suelen acompañarse de otros síntomas, algunos de ellos bastante llamativos. En cualquier caso y, como siempre, ante cualquier dolor, consultad.

12. Dolor de espalda. Riesgo de escoliosis

Mientras que el dolor en las piernas de los niños se asume como normal por los padres porque «está creciendo», en la espalda siempre se asume que es por **escoliosis**. Porque todo el mundo conoce a alguien que tiene un hijo con escoliosis y se la detectaron por dolores de espalda. Lo curioso es que las escoliosis no suelen doler. De hecho, muchas de ellas se detectan o al menos se sospechan al mirar la espalda en las revisiones de niño sano o porque los padres observan alguna deformidad, sobre todo en la playa o en la piscina, donde los padres ven que la espalda de su hijo no está tan recta como la del resto de niños.

Las escoliosis en niños menores de tres años son raras y se suelen corregir solas con el tiempo. Y también suelen tener buena evolución las que aparecen en los mayores de diez años, en contra de lo que muchos padres creen. Las escoliosis más problemáticas son las que aparecen entre los tres y los diez años, pues tienen más riesgo de progresar. Por eso los pediatras siempre nos fijamos en la espalda de los niños. Si existe una sospecha, pedimos una radiografía de columna y, en función de la posible desviación, se observa al niño o se plantea un tratamiento.

Por eso, la mayoría de los niños que consultan por **dolor de espalda** no tienen escoliosis, lo que les sucede es que sobrecargan los músculos de la espalda de forma irregular, y eso genera contracturas. Es lo que sucede, por ejemplo, cuando se empeñan en caminar encorvados, en sentarse en las sillas sin apoyarse bien en el respaldo, en dormir en malas posturas y, sobre todo, en cargar mochilas con exceso de peso (insisto, como mucho un 15% del peso del niño) o sujetas por una sola cinta, cuando deben llevar las dos. Y si llevan carrito, también deben tirar con los dos brazos.

Los deportes que movilizan todo el cuerpo, como la natación o el baloncesto, ayudan mucho a prevenir los dolores de espalda. Pero lo que más ayuda es caminar y sentarse con la espalda recta, dormir en buena postura y en un buen colchón, y usar de forma correcta las mochilas. De lo contrario, esas contracturas sí que podrán generar una escoliosis.

13. «Mami, me duele la barriga »

Ya aprendisteis que el dolor de barriga es uno de los motivos de consulta más frecuentes en niños. Aunque hay miles de posibles causas, la más frecuente en niños son los pequeños atracones de chucherías, dulces, bollos o comidas ricas en grasas. Por supuesto, muchos de estos episodios son más que habituales en cumpleaños u otras celebraciones, como las Navidades.

El dolor de barriga también suele deberse a cuadros como la diarrea (muchas veces relacionada con esos atracones), el estreñimiento (del que hablaremos en breve) o incluso cuadros menos frecuentes como una infección de orina o hasta una apendicitis. Por suerte, este último cuadro siempre es el primero que se investiga cuando un pediatra ve a un niño con dolor de barriga. No imagináis lo mucho que pueden llegar a parecerse un «simple» dolor por gases a una apendicitis. Y el problema de las apendicitis es que en los niños son más difíciles de diagnosticar porque los signos son menos específicos. He visto niños marcharse a quirófano sonriendo y saludando con la mano, mientras que otros que parecían estar al borde de la muerte al final solo tenían gases.

Por eso siempre tratamos de descartar signos compatibles con apendicitis, como por ejemplo que el dolor vaya a más con el paso de las horas, que se desplace hacia el lado derecho del abdomen, que la barriga se ponga dura o que el niño no soporte las sacudidas en el abdomen. Ante cualquiera de estos signos, siempre a urgencias.

Por suerte, y aunque estadísticamente solo encontramos la causa del dolor en el 20% de los cuadros, la mayoría ceden en poco tiempo sin repercusión alguna. Eso sí, si se repiten en el tiempo, consultad. Que para eso estamos.

14. Los vómitos

Los niños vomitan por cualquier cosa y a cualquier edad. Y es cierto que lo hacen menos conforme crecen, pero os aseguro que lo siguen haciendo durante toda la infancia. Sin embargo, los vómitos en los niños mayores suelen generar menos estrés en los padres porque el niño, al poder expresarse, puede explicar qué es lo que siente y lo que le sucede. Y aunque sigue existiendo riesgo de deshidratación, es bastante menor que cuando era más pequeño porque el niño puede acceder al agua con facilidad.

Mientras que los bebés vomitaban por casi cualquier cosa, los niños mayores lo hacen cuando existe algún motivo más evidente. Por ejemplo cuando están con diarrea o a veces incluso antes de que esta comience, por inflamación del estómago. Lo mismo sucede cuando han comido algo que les ha sentado mal o que a lo mejor no estaba en buen estado y el estómago se contrae, intentando expulsarlo. Y en otras ocasiones vomitan porque están con amigdalitis u otitis.

Lo bueno es que los vómitos suelen durar solo unas horas. Lo malo, que los fármacos *antieméticos* (hablando en cristiano, los que impiden el vómito) no se pueden usar en niños, tengan la edad que tengan. El tratamiento en esta etapa sigue consistiendo en rehidratar mediante agua o, mejor aún, suero para beber del que se compra en farmacias, para luego pasar a una dieta blanda y rica en agua y azúcares, porque si no ingiere azúcar existirá riesgo de hipoglucemia, que además tiene la gracia de que genera acidez y vómitos. Un círculo vicioso nada simpático que las abuelas llamaban «tener acetona» y que hay que cortar por el riesgo de deshidratación. Y por supuesto, si los vómitos no se cortan o andáis con dudas, consultad.

15. El estreñimiento

¿Os acordáis de lo mucho que podía llegar a agobiar el estreñimiento en bebés? Pues la mala noticia es que el estreñimiento puede perseguir al niño durante toda su infancia. Sobre todo si vosotros sois estreñidos. Un niño tiene estreñimiento si realiza menos de dos deposiciones a la semana y lo consideramos crónico si dura al menos dos meses. Y en el 95% de los casos no existe ninguna causa salvo los antecedentes familiares. Aun así, hay padres que exigen, una y otra vez, solución para un cuadro que su familia padece desde ni se sabe cuándo, porque no toleran que su hijo lo padezca. Sin embargo, sí comprenden que la miopía o los ojos azules se hereden. Curioso.

Quizás os ayude saber que el estreñimiento consiste en que las heces pasan mucho tiempo endureciéndose en el intestino, por lo que al niño le duele a la hora de hacer caca, e incluso le pueden provocar fisuras que duelen aún más. Eso hace que el niño se aguante las ganas y se estriña más. A veces se aguantan tanto las ganas que, al final, hacen caca por rebosamiento. Sí, las heces desbordan y salen de forma brusca, sin que el niño tenga tiempo de reaccionar. Esto se llama *encopresis* (ya sabéis, nos gustan los nombres raros) y hablaremos de ella un poco más adelante.

Para intentar reducir el estreñimiento (porque se puede, al menos en parte), lo primero es evitar el estrés. Sí, ellos también se estriñen por estrés. Luego hay que crear una rutina en la que el niño deberá sentarse en el baño después de las comidas, pues llenar el estómago hace que a uno le entren ganas de ir al baño. Y si el niño tiene ganas de hacer caca, procurad que vaya al baño enseguida, porque aguantarse favorece el estreñimiento. Por último, el movimiento (esto es, que el niño corra y juegue) ayuda a mejorar el tránsito intestinal. Entre otras cosas.

En cuanto a la dieta, no os descubro nada si insisto en que deben beber abundante agua (el lubricante más natural y barato que existe) y comer fibra, ya que los niños de hoy solo ven la fibra por televisión (y ni eso, porque suelen ver cosas más violentas). Recordad que esta se encuentra en las frutas, verduras, legumbres y cereales. Ya sé que apenas comen de eso, a pesar de lo mucho que insistimos los pediatras. Pero luego pasa lo que pasa: que se estriñen. Así que haced el favor de cambiar sus hábitos de alimentación si queréis tener una opción de que haga caca mejor.

Los probióticos, esos sobres o gotas que ayudan a regular la flora, son útiles en ciertos casos. Y de forma puntual podéis usar supositorios de glicerina, con cuidado de no hacer fisuras. Los enemas no están aconsejados en absoluto, así que dejadlos solo para cuando lo indique vuestro pediatra. Y recordad, solo el hábito de ir al baño, el ejercicio y una alimentación adecuada bajo supervisión pediátrica ayudarán a controlar, al menos en parte, el estreñimiento. No busquéis milagros donde no los hay.

16. Diarrea

La diarrea se define por un aumento del número de deposiciones y su causa más común son los virus, sobre todo el rotavirus, culpable de la mitad de los casos. Todos los niños sufren episodios de diarrea a lo largo de la infancia, de ahí que los pediatras insistamos tanto en vacunar frente a este virus, ya que los episodios de diarrea y su intensidad se reducen. Pero las diarreas también pueden producirse por otras muchas causas, como intoxicaciones alimentarias, infecciones en sitios como la garganta o los oídos (sí, eso sucede), el uso de antibióticos (que alteran la flora intestinal) o infecciones por parásitos. Y si encima las diarreas son repetidas, entonces los pediatras pensamos en cosas como celiaquía, intolerancias a alimentos y procesos inflamatorios intestinales. Por eso siempre es bueno consultar.

Las diarreas por virus suelen durar de tres a cinco días. Pero si el niño presenta fiebre, si las heces contienen restos de moco, pus, sangre u otras cosas feas, o si el cuadro se prolonga más de siete o diez días, no dudéis en consultar, pues es posible que el germen sea una bacteria o cualquiera de esas otras causas.

Lo más preocupante de un episodio de diarrea (siempre) es el riesgo de deshidratación, que es mayor si las heces son muy líquidas o si el niño asocia vómitos. Y aunque el riesgo es menor en los niños mayores, siempre existe. Qué narices, un adulto de ochenta kilos, si tiene diarrea y vómitos y no bebe agua suficiente, también puede deshidratarse. Así que no os confiéis. Por suerte, los niños a partir de dos años tienen acceso al agua, por lo que es más difícil que esto suceda. También es más fácil conseguir que se beban sin protestar el suero oral que venden en farmacias o que se tomen los probióticos (ya sabéis, flora intestinal que ayuda a normalizar el tránsito).

Por último, recordad lo siguiente: las diarreas son terriblemente contagiosas. El lavado de manos, que si os acordáis era importante para prevenir contagios, aquí se vuelve esencial. Por favor, no seáis egoístas y pensad en los demás: si vuestro hijo tiene diarrea, aunque sea leve o se esté recuperando, no lo llevéis al colegio, pues de una forma u otra se tocará el culete y, con esas mismas manos, tocará las de un compañero que, en un momento dado, se las llevará a la boca y... Bueno, ya imagináis. Pensad en los demás.

17. Qué hacer si se sigue orinando por las noches

Ya sabéis que los niños comienzan a controlar la orina alrededor de los dos años. Pero por las noches esto puede retrasarse, de forma que no podremos hablar de *enuresis* (que no controlan la orina) hasta pasados los cinco años de edad. Y es que a esa edad el 16% de los niños todavía se sigue haciendo pis por las noches. Este porcentaje irá descendiendo, a razón de un 15% anual, de forma que «solo» un chaval de cada cien se hará pis en la cama a los dieciocho años. Sí, el entrecomillado es con retintín.

El 97% de los casos se orinan por una falta de maduración o un leve déficit de hormona antidurética. Da igual, ya os lo digo, porque se resolverán solos o con un poco de trabajo. Por desgracia (y es que no puede haber nada sencillo en esta vida) hay un 3% de los casos en los que puede existir una causa más seria (a veces, incluso una depresión infantil), por lo que hay que consultar si vuestro hijo tiene más de cinco años y se sigue haciendo pis en la cama.

En la mayoría de ese 97% de casos pasajeros suele ser de utilidad seguir una serie de consejos: animar al niño a que orine varias veces durante el día, la última de ellas justo antes de irse a la cama. Que beba el agua del día durante la mañana, a mediodía y a primeras horas de la tarde, pero no una o dos horas antes de acostarse. Y desde luego, no volver a usar pañales. Sé que esto último es una faena, pero volver a usarlos confunde al niño y no le ayudan a mejorar el control. Tampoco es útil despertar al pobre a mitad de la noche para obligarle a que vaya al baño, ya que la noche en que no lo hagáis se hará pis. Pero si se despierta él solo, entonces sí es bueno que vaya.

También suele ser útil usar un calendario para anotar las «noches secas», bien en papel o utilizando apps para vuestro preciado móvil, donde además se pueden añadir los premios que pueden conseguir los niños por encadenar semanas o meses «secos». Así tienen un estímulo para acordarse de hacer pis y no beber agua antes de acostarse, o para levantarse a orinar si se despiertan solos. A veces ayuda realizar ejercicios que fortalecen los músculos que controlan la vejiga. Por ejemplo, a mitad de la orina cortar el chorro y aguantar un tiempo, al principio solo unos segundos, que va aumentando poco a poco con el paso de las semanas. La parte mala es que estos ejercicios son complicados y requieren que el niño (y los padres) estéis muy motivados. Y de paciencia, así que no os desesperéis si no le salen.

En los casos que no terminan de mejorar si se aplican estas medidas durante unos seis meses, es posible plantearse tratamientos con fármacos. Su efectividad no es demasiado elevada porque, una vez que se quitan, muchos niños vuelven a hacerse pis. O con sistemas de alarma, que son unos aparatos que se colocan en la cama y que despiertan al niño con una alarma suave en cuanto aparecen las primeras gotas de orina. Estos aparatos tienen una tasa de éxito del 70% y su tasa de recaídas es menor que la de los fármacos. La parte mala (sí, siempre hay una parte mala) es que los tratamientos duran entre doce y dieciséis semanas, y que eso de que suene la alarma puede poner un poco de los nervios a todo el mundo. Por suerte, la mayoría de los niños no la van a necesitar.

18. Se hace caca encima

En el capítulo del estreñimiento os comenté algo un poco asqueroso: que los niños a veces se hacían caca encima «por rebosamiento», una forma bastante gráfica de definir un desastre llamado *encopresis*. Pero ojo, que esto le suceda a un niño una o dos veces a lo largo de toda la etapa infantil es normal. Lo que ya no es tan normal es que, en un niño mayor de cuatro años, los episodios se repitan al menos una vez al mes durante dos o más meses. Le sucede al 3% de los niños de cuatro años, al 2% de los niños de seis y al 1% de los niños de ocho.

En nueve de cada diez casos la causa es el estreñimiento. Si un niño estreñido no sigue una dieta adecuada y medidas que ayuden a prevenirlo (por eso soy tan pesado en los hábitos de prevención), le dolerá apretar para hacer caca. Y como a los niños no les gusta el dolor, pues tenderá a aguantarse. Y cuando un niño se pone rígido, con las piernas muy rectas y el culete apretado, es que se está aguantando. Y al aguantarse, la ampolla rectal se agranda para que quepan más heces, pero con un efecto negativo: que el niño termina no sintiendo las ganas de hacer caca. Y cuando ahí no entra nada más, sobreviene el desastre.

Y el desastre suele producirse sobre todo por las tardes, al salir del colegio. Y sí, es un poco asqueroso. Tanto, que los niños muchas veces lo niegan y hasta esconden la ropa, así que imaginad el susto que se han llevado más de unos padres al descubrir la ropa escondida en un cesto o en un armario, y llena de... eso mismo. Si esto os sucede, sé os vais a sentir frustrados, incluso enfadados. Pero recordad que el niño no tiene la culpa de hacerse caca encima porque lo más normal es que ni siquiera haya podido evitarlo. Lo que sí ha hecho es aguantarse las ganas, pero eso es normal, porque le dolía apretar para hacer caca.

Por eso insisto tanto en la alimentación, de la que vosotros sí que sois responsables. En vez de cebar a vuestro hijo para que gane peso sin más (y la abuela dé su aprobación cuando lo vea), quizá deberíais reflexionar acerca de si toma las cinco raciones de fruta y verdura, y el litro y medio de agua que debe tomar al día. Recordad que este cuadro también se ve en niños a los que se les obliga a aprender a controlar los esfínteres demasiado pronto, por eso insisto en que no debe hacerse antes de que el niño esté motivado, y desde luego nunca antes de los dos años.

Los horarios demasiado rígidos o el estrés tampoco ayudan, y a veces son la causa de que el niño se aguante las ganas. Por último, he de señalar que también hay otros cuadros raros que pueden producir que un niño se haga caca encima sin darse cuenta. Por eso debéis consultar. Como os he comentado, estamos bastante acostumbrados a que nos hablen de las cacas de los niños. Sé que es un tema que os apasiona.

19. Parece que gana poco peso

Acabamos de ver, y tratando un tema escatológico como es hacerse caca encima, que la alimentación es importante. Y que no todo consiste en cebar a vuestro hijo. Y si vuelvo a sacar este tema es porque sé, de primera mano, que muchos padres siguen dándole vueltas durante años. Y es normal, porque hasta los seis o incluso los ocho años, muchos niños comen poco. Y como comen poco, pues están delgados. Eso es lo que los padres ven.

Y en realidad es al revés: a partir del tercer año de vida un niño gana unos dos kilos de peso al año, es decir, la tercera parte de lo que ganó durante su primer año de vida. Y por eso tiene menos apetito. Pero el niño sigue creciendo aunque el crecimiento también es menor (hablaremos de esto ahora). De hecho, lo hace en mayor proporción de la que gana peso, y por eso pierden el aspecto de lactante regordete y rechoncho para sustituirlo por el de niño, más estilizado, delgado y con los brazos y las piernas más largos, en proporción al tronco, que cuando eran bebés.

La ganancia de peso será lenta, sí, pero hasta los seis o siete años, edad en la que de nuevo comenzarán a ganar más peso con relación a lo que crecen. Por eso los niños de entre seis y ocho años vuelven a tener un aspecto más redondeado, pues acumulan más músculo (y, sobre todo, grasa), y a este cambio se llama «rebote adiposo». Si el niño está acostumbrado a comer mucho o a comer mal, es decir, alimentos demasiado calóricos o de bajo valor nutritivo, es más fácil que siga comiendo así, solo que ahora más, y por lo tanto se genere obesidad. Por eso insisto tanto en inculcar buenos hábitos, en vez de cebar a los niños.

Por eso os digo que no os preocupéis por el peso, que ya lo controlamos en las revisiones de niño sano. Si está dentro de los valores normales y evoluciona como debe hacerlo, no hay problema. Preocupaos de que su dieta sea completa, variada y adecuada, y de que el niño juegue y haga ejercicio. No me cansaré de repetirlo: cada vez que unos padres me dicen que están preocupados del peso de sus hijos, les recuerdo lo peligrosa que es la obesidad. Hablaremos de ella. Pero antes, hagámoslo de otro tema que suele preocuparos: su altura.

20. ¿Por qué no crece?

—¿Que no crece? —suelo responder cuando unos padres me hacen esta pregunta— ¡Claro que crece!

Y como prueba, les recuerdo que su hijo al nacer medía alrededor de cincuenta centímetros, mientras que con dos años mide unos ochenta y cinco, y con cuatro años alrededor de un metro. Ellos se miran, desconfiados, y me dicen que sí, que de acuerdo, que hasta ahora había crecido. Pero que ya no crece casi nada. Y cuando mides y exploras al niño, en la mayoría de los casos no solo estará normal, sino incluso en un percentil cincuenta de estatura, que ya sabéis que significa que el 50% de los niños de su edad son más bajos que él. Y entonces es cuando sospecho que en su clase deben de ser todos hijos de jugadores de baloncesto. Porque desde luego, ese niño que tengo delante, en términos poblacionales, es completamente normal.

El problema de la estatura es que en los niños hay que comparar no solo con los que han nacido en un mismo año, sino con los que han nacido en el mismo mes. Porque si un niño crece a un ritmo de unos ocho o nueve centímetros al año, es bastante normal que un niño que ha nacido en enero le saque nueve centímetros a otro de su misma clase pero que haya nacido en diciembre. Y ambos son normales. Además, la velocidad de crecimiento no es constante: no solo va descendiendo a medida que crecen los niños (de crecer nueve centímetros al año cuando tienen tres años pasan a crecer unos cinco, alrededor de los diez), sino que además se produce en ciclos en los que el crecimiento se acelera o se frena. Y esas etapas parece que son de unos dos años. Es decir, puede que haya dos años en los que un niño crezca menos, y otros dos en los que crezca mucho. Y eso también genera diferencias entre niños de igual edad.

Lo importante es que su talla discurra no solo acorde con las curvas de crecimiento de su sexo y edad, sino también acorde

con la talla de los padres. Si los padres no pasan del metro sesenta, tampoco pueden esperar que su hijo alcance los dos metros. Podría pasar, sí, porque los genes de algún bisabuelo talludo podrían haberse colado en su ADN. Pero lo normal es que el niño mida alrededor de un metro sesenta. Y un poco menos si es niña, porque las niñas hacen, de media, dos años antes la pubertad que los niños, y por eso las mujeres miden de media unos trece centímetros menos que los hombres.

Así que acudid a las revisiones de niño sano, en las que se controla la altura, y no os agobiéis porque no crecen, salvo los que de verdad tienen alguna enfermedad grave o un déficit hormonal. Y esos se detectan enseguida, porque esos sí que no crecen. Para eso hacemos las revisiones.

21. Cuidado con la obesidad

Creo que habréis percibido que pienso que la obesidad infantil no es ninguna broma. Sin embargo, la veo a diario en consulta. Y los pediatras no podemos aceptar ni tolerar esta epidemia, propia de países ricos y vencidos a la desidia, en términos de alimentación: los niños gordos no son niños sanos. Puede que en la época de la posguerra civil, y debido a la hambruna, sí que fuera así. Pero ahora no hay hambruna y el 95% de los niños que están gordos lo están porque comen mucho. Es decir, que no tienen ninguna enfermedad. Y si la obesidad depende de su alimentación, entonces los responsables sois los padres. Sí, vuelvo a ser duro. Pero sincero.

Y es que estoy hasta el gorro de escuchar lamentos cuando hablo de esto mientras exploro a un niño de apenas ocho años pero que pesa sesenta kilos: que si no come bollos, que si hace mucho deporte, que si solo come lechuga... Ahí suelo exclamar: «Pues comerá toneladas de lechuga, para estar así». Pero claro, muchos de esos padres de niños obesos también están obesos y por supuesto no incitan a sus hijos a que se muevan o jueguen en la calle. Es más, estos entran a la consulta con la consola o la tablet, entre sus manos rechonchas.

¿Os acordáis de ese «rebote adiposo» que os conté en el capítulo del niño que no come? Pues es más intenso en los niños que están acostumbrados a ingerir muchas calorías. Y a los seis años se ponen rollizos (según las abuelas, hermosos). Pues bien, debéis saber que la obesidad, y ya durante la edad infantil, produce problemas como elevación de la tensión arterial o del colesterol, daño en el hígado, los huesos y en las articulaciones de las piernas, favorece la diabetes (sí, habéis leído bien) y genera problemas respiratorios y neurológicos. Los niños obesos también suelen padecer depresión y ansiedad, porque los compañeros se meten con ellos. Y problemas en la piel, y un riesgo elevado (más del 80%) de que la obesidad permanezca de por vida. Sí, de por vida.

Sin embargo, el tratamiento es sencillo porque los niños crecen, y por lo tanto es fácil que el peso se adapte al que deben tener por su talla. Dado que las dietas de adelgazamiento, salvo en casos muy concretos, están prohibidas en pediatría, en realidad basta con hacer una dieta normal: deben comer de todo pero sobre todo cosas sanas, a la plancha, y por supuesto evitando fritos y (por encima de todo) la comida preparada, la bollería industrial y esas bolsas de chucherías que contienen miles de grasas perjudiciales. Qué narices, todos sabemos lo que es comer bien. Pero pocos padres, por mucho que juren en consulta que lo hacen, lo ponen en práctica. Mal.

El otro pilar del tratamiento es el ejercicio. Y en los niños, basta con que jueguen. Pero que lo hagan. No sirve de nada que un niño mejore su alimentación si luego no se mueve. La televisión y los videojuegos favorecen el sedentarismo. Los niños han de jugar, correr, disfrutar. No se trata de que levanten pesas en un gimnasio (cosa que además no deben hacer), sino que disfruten jugando al pilla-pilla, al balón prisionero, al fútbol o a lo que sea.

En el parque, en el colegio, retozando en la arena de la playa o en la tierra del campo. Ya le lavaréis la ropa después.

Y por supuesto, nada de fármacos ni de cirugías, pues en la etapa infantil no se pueden plantear. Así que afrontadlo: un niño gordo no es un niño sano, ni siquiera «hermoso». Si vuestro hijo tiene sobrepeso o (peor aún) obesidad no busquéis excusas: pedid cita con vuestro pediatra y poneos a trabajar. Lo contrario es una crueldad tan grande que me duele hasta verla. ¿De verdad queréis tener un niño enfermo? Porque eso es la obesidad. Una enfermedad. Y según la OMS, la epidemia del siglo XXI.

22. ¿Será hiperactivo?

El diagnóstico del trastorno de déficit de atención con hiperactividad (aunque mejor será que lo llamemos TDAH) es complejo porque, como en otras muchas enfermedades, no existe una prueba que nos permita diagnosticar a un niño. Y los niños con TDAH, que se estiman son entre el 3 y el 11% (ahora entenderéis por qué es tan variable esta cifra) se diagnostican mediante una serie de preguntas cuya interpretación es siempre subjetiva. Vamos, que ni siquiera los libros consiguen aclarar cuál es la presencia real de niños hiperactivos. Y es que por desgracia se diagnostica como hiperactivos a muchos niños que no lo son. Y para mayor desgracia aún, en ocasiones son los padres quienes hacen llegar a ese diagnóstico, falseando las respuestas de esos cuestionarios. ¿Os aterra? Pues lo he visto hacer.

EL TDAH se diagnostica con criterios como que el niño se distraiga con facilidad, que no controle sus impulsos, que muestre dificultad para planificar tareas o reconocer obligaciones sociales, que no le guste obedecer o que tenga baja tolerancia a la frustración (algo que he insistido varias veces en que se puede enseñar). Y su existencia se determina mediante preguntas a los padres, como «¿Su hijo a menudo parece no escuchar cuando se le habla?». Claro, habrá padres que responderán que sí enseguida, porque anhelan recibir el tratamiento pensando que eso hará que su hijo saque solo sobresalientes, y tal vez otros piensen que su hijo no se distrae tanto. Y a lo mejor esos dos niños hacen lo mismo. Pero es que hoy en día, en cuanto un niño no va bien en el colegio, lo primero que se hace es descartar un TDAH. Y en un 3 (o un 11%) de los casos puede ser cierto. Pero no en todos.

El problema del TDAH es que, en los casos verdaderos, es un cuadro con repercusiones médicas, sociales, psicológicas y educacionales complejos. Vamos, que son niños que pueden afectar mucho a su entorno. Por eso su tratamiento también es complejo y se basa en terapias psicológicas y en medicamentos que en realidad son anfetaminas, que por lo tanto entrañan riesgos. ¿Y sabéis lo peor de todo? Que en estudios (serios) se ha visto que el 35% de los niños diagnosticados de TDAH a los que les suministraban placebos mejoraban igual que el grupo al que se le daba la medicación de verdad. Es decir, mejoraban porque creían que estaban tomando la medicación. Vamos, que no la necesitaban.

El TDAH existe y puede mejorar con el tratamiento. Pero también existen niños que solo son inquietos. Así que antes de etiquetar a vuestro hijo como un posible TDAH, meditad bien si lo que sucede es que es un poco inquieto, desobediente o que simplemente maneja mal la frustración (algo que además se puede aprender a hacer). Y para eso, nadie mejor para ayudaros que vuestro pediatra. Así que consultad siempre que tengáis dudas sobre esto. A veces, un seguimiento de unos meses basta para corregir el cuadro.

En la consulta del pediatra

1. Cómo preparar al niño para asistir a consulta

Aunque ya estaréis más que acostumbrados al manejo del sistema sanitario y en concreto a vuestro centro de salud, es normal que sigáis encontrando cambios y situaciones nuevas, pues tanto la sanidad, como la actividad sanitaria en sí, son cambiantes. Al igual que cambia cómo afronta vuestro hijo las consultas. A los dos años es posible que todavía llore cuando ve al profesional sanitario porque asociará las consultas a vacunas, analíticas o pinchazos diversos. Y qué narices, eso no nos gusta a nadie, pero a ellos menos.

Así que a esa edad lo mejor que debéis hacer (como ya os insistí) es decirle al niño la verdad. Si toca pinchazo, decídselo. No le va a gustar, eso está claro. Pero si se lo ocultáis hasta el último segundo, entonces, además de asustado, se sentirá engañado y defraudado por vosotros. Así que en la siguiente consulta, aunque no toquen vacunas, llorará porque no os creerá. Pero en poco tiempo, y antes de los tres años, dejará de llorar incluso (y aunque os parezca mentira) cuando le toquen vacunas. Soltará alguna lágrima en el momento, claro está. Pero si toca consulta con el pediatra, por ejemplo, ya no debería llorar salvo que le hayan pinchado hace poco y no termine de fiarse. Si un niño de más de tres años llora por sistema, es posible que esté sobreprotegido. ¿Os acordáis de lo que comentamos sobre enseñar a manejar las frustraciones? En situaciones como esta es donde se nota si lo habéis hecho.

Otras veces hay padres que se dedican a amenazar a los niños con cosas tan estupendas como que, si no comen, el pediatra les va a poner una inyección. Siempre he pensado lo genial que debe de ser suplantar vuestra autoridad por la de un señor con bata blanca y una aguja. Creedme, esas cosas, aparte de resultar bastante estúpidas, solo crean traumas y desconfianza. Y no, tampoco vale amenazar con que un policía les va a meter en la cárcel. ¿O acaso queréis aterrar a vuestro hijo cada vez que vea a un policía por la calle?

Un niño normal que ha aprendido a manejar la frustración no llorará a partir de los dos años y medio cuando acuda a consulta. Es más, a partir de esa edad colaborará de forma entusiasta con el pediatra, se pesará y se medirá orgulloso de ver cuánto ha crecido, y arderá en deseos de mostrar lo que le sucede, aunque sea una pupa en el brazo. Algunos hasta será difícil callarlos, de dicharacheros que son. Y eso es lo normal, no un niño de cuatro años que patalea como si fuera la niña de la película de *El exorcista* mientras sus dos abuelas (sí, las dos) se abalanzan sobre él para darle besos al grito de «pobrecito mi niño», y al que final es imposible explorar porque está tan rabioso que termina vomitando y revolcándose por el suelo. Igual que la de la película. He vivido eso. Así que ya sabéis: sed sinceros con ellos.

2. Consultas en el centro de salud

Consultas de pediatría

Revisión de niño sano

Lo normal es que los niños se lo pasen bien en las revisiones de niño sano a partir de los tres años (y a veces incluso solo con dos). Y ese es el objetivo, pues dichas consultas son una de las labores más gratas que puede realizar un médico. El niño sonríe, colabora, se muestra voluntarioso y se marcha orgulloso de lo bien que se ha portado. Los padres también debéis aprovechar esas revisiones para consultar todo aquello que os genere dudas y, aunque podéis comentar cualquier cosa, lo ideal es que habléis de su crecimiento, desarrollo intelectual, psicológico, social, cómo estimularle con el juego, dudas acerca de su alimentación, su entorno y la prevención de accidentes. Ese es el momento para resolver todas esas dudas, y no de si es bueno apuntarlo a clases de piano.

En estas revisiones se comprueba que tanto el crecimiento como el desarrollo del niño son normales. Además, a medida que se acerca la pubertad, se presta atención especial a su talla y a signos que orienten hacia un inicio del desarrollo sexual, ya que eso tiene un alto interés para poder hacer un pronóstico de talla, o por lo menos tratar de que no se escape un desarrollo precoz. Por eso es conveniente que los niños mayores sepan que la exploración de los genitales es algo no solo rutinario sino también necesario para saber que su desarrollo es normal. Siempre hay que tener en cuenta la opinión del niño. No es bueno (ni se puede) obligarle a nada. Por eso, si el niño es reticente a que se exploren sus genitales es útil que los padres se lo expliquéis antes de salir de casa, por si prefieren que sea un profesional de su sexo o prefieren hacerse a la idea antes de llegar al centro y no encontrarse con la sorpresa, o simplemente prefieren expresar su opinión.

Consultas «normales»

A partir de los dos años es posible que vuestro hijo tenga asumida la dinámica de las consultas de pediatría e incluso asista con menos reticencia. A partir de esta edad los niños suelen acudir con entusiasmo y se esfuerzan por participar en la consulta, aportando síntomas, apuntando datos a las preguntas que hacemos e incluso participando de forma activa. Aunque no son del todo fiables (ya sabéis que los más pequeños suelen decir que sí a todo solo por agradar), es cierto que una participación activa les hace sentirse cómodos, lo que repercute en que la consulta sea mucho más llevadera para ellos.

Recordad que el tiempo de consulta suele estar bastante limitado, por lo que es muy útil que meditéis antes los síntomas o dudas que queráis comentar y que lo preguntéis todo al comienzo para que el profesional pueda organizar el tiempo en función de vuestras dudas. No imagináis lo desesperante que es que, una vez explorado y vestido el niño, unos padres digan: «Ah, y también queríamos consultar que lleva varios días cojeando». De nuevo toca quitar la ropa y hacer que el niño camine, más cuando hay otros padres fuera (a veces con niños de solo días) que también están deseando entrar.

También ayuda que el niño lleve ropa fácil de poner o de quitar y que seáis escrupulosos con los horarios. Sé que muchos médicos van con retraso, pero otros no, y acudir tarde a la consulta conlleva retrasar el resto de citas. E igual que cuando vuestro bebé tenía solo días de vida y no queríais esperar mucho, ahora otros padres estarán en esa situación. Ya sabéis lo que digo siempre: no seáis egoístas.

A partir de los seis años decaen mucho las consultas porque los niños enferman menos y, salvo accidentes como golpes o caídas, suele ser una etapa bastante tranquila. Otra cosa bien diferente es la pubertad. Así que mientras llega, disfrutad.

Consultas de enfermería

Actos de enfermería

Ya sabéis que pienso que la enfermería juega un papel primordial en la salud infantil, y más gracias a especialidades como matrona o enfermería pediátrica. Y es que la enfermería no se limita a administrar medicaciones, recoger muestras, extraer analíticas de sangre o medir tensiones arteriales (que no es poco). También puede dar consejos de salud al mismo nivel que el pediatra. De hecho, algunas de las revisiones de niño sano están diseñadas para que las realice el personal de enfermería.

En efecto, la enfermería realiza una labor esencial de educación sanitaria. Los enfermeros pueden orientar a los padres y a los niños a prevenir temas tan importantes como la obesidad infantil o el sedentarismo. También pueden educar a los asmáticos en el manejo de su medicación o ayudar a los niños diabéticos y a sus familias, instruyéndoles en la realización de controles de glucosa en sangre o en cómo manejar la insulina. O enseñar a enfocar la dieta de los niños celíacos, de los intolerantes a la lactosa o de los que tienen alguna alergia, por ejemplo a las proteínas de la leche de vaca. O cómo manejar a los niños con varicela. O enseñar el manejo de los antiérmicos. O cómo prevenir el contagio de enfermedades. Y mil aspectos más.

Vamos, que la enfermería juega un papel esencial en la salud, el desarrollo y la educación de los niños, y deberíais aprovecharla. Os lo dije en la etapa de lactantes y os insisto ahora: cuando un centro de salud posee una buena enfermería pediátrica, se nota mucho en la salud de los niños y en la satisfacción de sus padres. Así pues, conoced al personal de enfermería y no dudéis en consultar con ellos los programas de salud o los aspectos pediátricos que desarrollan en su consulta.

3. Vacunas

Vacunas recomendadas

El número de vacunas se reduce en la edad infantil, ya que la mayoría se administran durante la etapa de lactancia. Entre los dos y los doce años se suele administrar una dosis de triple vírica, un recuerdo de tétanos, difteria y tos ferina, un recuerdo de meningococo C, y la de varicela a los niños de doce años que no han sido vacunados y que no la han pasado.

Pero, justo porque el número de vacunas es considerablemente menor que en los dos primeros años, es fácil que a los padres se les olviden o que se produzcan cambios en los calendarios de vacunación que puedan cogerles desprevenidos. Lo normal, cuando se producen cambios, es que los propios centros de salud adviertan mediante llamadas telefónicas u otros avisos. Pero a veces sucede que unos padres no tienen registrado el teléfono o han cambiado de ciudad o de comunidad. Por eso, siempre es recomendable que consultéis, y más cuando hagáis las revisiones de niño sano, sobre las vacunas que vuestro hijo pueda tener próximas.

Lo único que debéis valorar es si tienen fiebre o están recibiendo algún tratamiento, en cuyo caso se posponen, y que no hayan tenido reacciones alérgicas a dosis anteriores de esas vacunas. Y recordad, las vacunas no son obligatorias pero sí recomendables, y uno de los motivos por los que hoy en día la salud a nivel poblacional haya mejorado. Hablamos de enfermedades graves como la meningitis, la difteria o el tétanos, que hace no tanto tiempo mataban a miles de niños. Así que no hablamos de ninguna broma.

4. Consultas de pediatría en servicios de urgencias

Los padres de niños de entre dos y cuatro años siguen realizando muchas consultas, tanto en el centro de salud como en los servicios de urgencias. Y estos últimos tienen una serie de peculiaridades, como que están preparados para atender situaciones que se salen de lo común, y a veces pueden incluso realizar pruebas o hasta observación de niños. Pero la asistencia que se presta se organiza en función del número de niños que acudan en un momento concreto (ya que suele haber picos de demanda en épocas, días y horas concretos), su edad y la gravedad de los cuadros que presenten.

Así que armaos de paciencia. A priori, un esguince en un niño de diez años no tiene tantas posibilidades de complicarse como una sospecha de infección en un recién nacido de solo días de vida. Tenéis que entender eso y, al igual que os sucedió cuando vuestro niño tenía solo días de vida, ahora esa otra madre estará también muy preocupada. Por eso es razonable que se atienda antes al niño que a priori corre más riesgo, aunque haya llegado después. Priorizar es una de las obligaciones del personal, así que sed comprensivos.

En la etapa infantil los motivos para acudir a urgencias suelen variar bastante. Por ejemplo, los niños de dos a cuatro años suelen acudir mucho por cuadros febriles que, por fortuna, en la mayoría de los casos terminan siendo banales y son dados de alta con antitérmicos o, en casos concretos, con antibiótico. Otros pueden acudir por cuadros catarrales, tos o mocos, pero a esta edad ya son menos frecuentes porque los padres entienden que no son graves. A partir de los cinco o seis años siguen existiendo procesos febriles, pero se ven más cuadros como dificultad respiratoria, sobre todo en niños alérgicos o asmáticos. Los niños mayores suelen acudir a urgencias por esguinces, contusiones e incluso fracturas que se han realizado jugando o practicando deporte. De hecho, es raro que los niños de ocho a doce años acudan por otros motivos, ya que a esa edad los padres suelen ser más tolerantes con la fiebre y, salvo que aprecien algo raro, no suelen tener problema en esperar para acudir al centro de salud.

En cualquier caso, y a cualquier edad, recordad que si acudís a urgencias siempre debéis decírselo a vuestro hijo, sin ocultarle nada. Si os pregunta si es posible que le pinchen, sed sinceros y decidle la verdad, aunque se la podéis suavizar, claro está. Es mejor que sepa a lo que puede enfrentarse y tolerará mucho mejor todo si le vais informando a medida que se van tomando decisiones, en las que además es posible que él pueda participar en función de la edad. Recordad que a veces las esperas son largas, así que llevad algo de comer o beber para el niño, o dinero suelto por si necesitáis comprar algo. Si sospecháis que el cuadro pueda ser susceptible de ingreso (vómitos imposibles de cortar, dificultad respiratoria, imposibilidad para comer, mal estado del niño o una patología crónica que se ha agravado), coged una bolsa con todo aquello que pueda necesitar el niño y la persona que se vaya a quedar con él.

Epílogo.
Entonces, ¿los niños no son de Marte?

Comenzaba este libro señalando que ser padres es complicado y que por eso necesitabais ayuda. Pues bien, doscientas veinte páginas después... sigo pensando que, efectivamente, es complicado y necesitáis ayuda. Mucha ayuda. Infinitamente más de la que yo pueda haberos dado en estas páginas.

Aun sí, confío en que algo haya cambiado: cuando menos, que ya no seáis pasto de los comentarios, críticas y consejos de vuestros familiares, vecinos, amigos, abuelas... (ay, las abuelas) y todo aquel que arda en deseos de querer demostraros que sabe hacer las cosas mucho mejor que vosotros, especialmente con vuestros hijos. Porque puedo afirmar, de forma rotunda, que eso no es así. No después de haber leído las muchas «reprimendas» que os he dejado caer a lo largo de este texto.

Y es que ya, ahora sí, podéis grabaros una cosa a fuego en vuestra mente: aunque las primeras semanas de un bebé son un infierno porque todo son miedos y dudas, pasado ese tiempo nadie —insisto, nadie— conoce a vuestro hijo mejor que vosotros. Así que nadie mejor que vosotros —insisto, nadie— para decidir qué ropa ponerle, cuando acostarle o si tenéis la sensación de que vuestro hijo tiene hambre, sueño o no se encuentra bien. Nadie.

Con este libro he tratado de, en clave de humor y en ese tono ligeramente irónico que ningún médico utilizaría jamás en consulta, de quitaros parte de esos miedos —normales, comprensibles y lógicos— que cualquier padre puede tener con sus hijos. Si os he ayudado a aprender cómo son, cómo se comportan y, sobre todo, cómo manejar determinadas situaciones... entonces soy ese pediatra que sonríe cuando un niño pequeño sale de su consulta tirándole besos mientras le dice adiós. Y que fuera, en la sala de espera, le dice a su madre «yo quiero venir siempre con este médico». No sabéis la sonrisa que arranca algo así.

Un pediatra agotado en las épocas de mayor presión asistencial, frustrado a veces porque no consigue que todos los niños vayan todo lo bien que él desearía, triste cuando ve que una familia lo pasa mal... pero que siente que ha hecho su trabajo cuando cuando percibe que ha ayudado, aunque sea en parte, a unos padres a comprender a sus hijos.

Porque los niños no son de Marte, no... pero es cierto que, algunos, lo parecen. Aún así, sois los mejores padres que pueden tener.

Gracias por leerme.

BRUNO NIEVAS
brunonievas.com

Almería, enero de 2016